W0027468

Die drei ???®

Die drei ???®

und das versunkene Dorf

erzählt von André Marx

Kosmos

Umschlagillustration von Silvia Christoph, Berlin
Umschlaggestaltung von Aiga Rasch, Leinfelden-Echterdingen

ISBN 978-3-440-11145-1

Redaktion: Martina Zierold
Produktion: DOPPELPUNKT Auch & Grätzbach GbR, Stuttgart
Printed in the Czech Republic / Imprimé en République tchèque

Die drei ???®
und das versunkene Dorf

Das trostloseste Nichts aller Zeiten

Das Telefon klingelte. Justus Jonas, der allein in der Zentrale saß, ging dran.
»Justus Jonas von den drei Detektiven?«
»Justus Jonas? Wow, wie cool, du bist es wirklich, oder?« Der Junge am anderen Ende flüsterte beinahe, als befürchtete er, belauscht zu werden.
»Ähm, ja. Mit wem spreche ich?«
»Mit Darren. Darren Duff. Aus Seattle. Das heißt, eigentlich ja jetzt aus San Francisco. Aber momentan wohne ich in Ridgelake, Oregon. Das ist alles etwas kompliziert, aber am besten erkläre ich dir das später. Ich habe nämlich nicht viel Zeit. Jedenfalls kenne ich dich aus der Zeitung. Genauer gesagt, euch. Die drei ??? und so. Immer, wenn ich etwas über euch finde, schneide ich es aus. Total cool, dass ich jetzt wirklich mit dir telefoniere. Sind die anderen beiden denn auch da? Äh ... Bob Shaw und Peter Andrews?«
»Bob Andrews und Peter Shaw. Nein, die sind momentan nicht da. Und wenn du nicht so viel Zeit hast, solltest du vielleicht gleich zur Sache kommen.«
»Zur Sache? Ach so, ja klar, natürlich, die Sache! Die ist nämlich folgende.« Darren senkte seine Stimme noch ein bisschen mehr, sodass Justus Schwierigkeiten bekam, ihn zu verstehen. »Ich habe einen Fall für euch! Hier in Ridgelake gehen merkwürdige Sachen vor sich. Richtig unheimliche Sachen, meine ich. Ich hab's mit eigenen Augen gesehen! Ihr solltet unbedingt herkommen und euch das ansehen! Es ist wirklich unglaublich!«
»Du könntest mein Interesse wecken, wenn du etwas ins Detail gehst, Darren.«

»Was? Ach so, ja klar. Also, hier gibt es einen See. Und die Leute in Ridgelake meiden ihn, sie haben irgendwie Angst vor ihm, keine Ahnung. Das ist merkwürdig, weil ... ach egal, das erkläre ich dir auch später. Jedenfalls war ich an diesem See. Nachts. Eigentlich soll ich nachts natürlich zu Hause bleiben, mein Onkel fände das wahrscheinlich gar nicht gut, aber ... oh, Mist, ich glaube, er kommt nach Hause. Ich habe gerade seinen Wagen gehört. Er darf nicht mitbekommen, dass ich dir das erzähle.«
»Dann kommst du jetzt besser zum entscheidenden Punkt deiner Geschichte!«
»Was? Ach so, ja! Ich war am See. Und auf einmal fing das Wasser an zu leuchten. Ja, richtig zu leuchten, so als wäre es plötzlich Lava oder so. Weiße Lava allerdings. Der See glühte! Es war total irre, aber auch total unheimlich, und ... Mist, mein Onkel kommt! Ich muss Schluss machen! Ich rufe noch mal an!«
Noch ehe Justus etwas erwidern konnte, hatte Darren aufgelegt.

Die Straße, die sich durch das enge Tal schlängelte, war nicht viel mehr als ein schlammiger Pfad. Das Grün der Wildwiesen, an denen der rote MG vorbeifuhr, war tief und nass. Rinderherden grasten gemächlich vor sich hin. Aus den bewaldeten Bergen ringsum rauschte rostbraunes Wasser. Über allem wölbte sich ein tiefer, regenschwerer Himmel.
Peter konnte sich nicht erinnern, wann er das letzte Mal ein Gebäude oder gar einen Menschen an der Straße gesehen hatte. Wieder holperte der Wagen über einen flachen Stein, der im Schlamm verborgen gewesen war. Beinahe riss es ihm das Steuer aus der Hand. Er stöhnte. »Ohne Geländewagen ist diese Straße ein Albtraum! Die ganze Gegend ist ein Albtraum! Wir sind mitten im Nichts, und wenn ihr mich fragt, Freunde, ist

es das trostloseste Nichts aller Zeiten. Ein großartiges verlängertes Wochenende ist das, wirklich großartig!«
Fette Regentropfen klatschten an die Windschutzscheibe, und innerhalb von Sekunden öffnete der Himmel seine Schleusen. Es prasselte wie aus einer Gießkanne auf sie herunter. Der Regen vermischte sich mit den Schlammspritzern auf der Scheibe zu einem schmierigen braunen Film, gegen den der Scheibenwischer keine Chance hatte.
»Ich muss dich korrigieren«, antwortete Bob. »*Jetzt* ist es das trostloseste Nichts aller Zeiten.«
»Ich finde, ihr beiden habt jetzt genug genörgelt.« Justus Jonas streckte den Kopf zwischen die Vordersitze nach vorne. »Wir sind schließlich nicht zum Vergnügen in dieser gottverlassenen Gegend ...«
»Hast du gehört, Bob? ›Gottverlassen‹ hat er gesagt! Er gibt es sogar zu!«
»... sondern weil wir einen Fall übernommen haben. Und dass Darren Duff in einer gottverlassenen Gegend mitten in Oregon wohnt, hat keinerlei Einfluss auf den Umstand, dass wir uns verpflichtet haben, diesen Fall anzunehmen.«
Justus dachte an Darrens zweiten Anruf zurück. Da hatte seine Stimme ganz normal geklungen, und von dem glühenden Wasser war keine Rede mehr gewesen. Der Erste Detektiv hatte sofort begriffen, dass Darren nicht allein war und nicht frei reden konnte. Also hatte er am Telefon so getan, als wäre Justus ein Freund von ihm, der ihn in Ridgelake besuchen wollte. Kurz entschlossen hatte Justus zugesagt und sich den Weg nach Ridgelake beschreiben lassen.
Da das lange Wochenende zum Memorial Day vor ihnen lag, hatte der Erste Detektiv seine Freunde überredet, Kalifornien für ein paar Tage zu verlassen und nach Ridgelake zu fahren, um in der Angelegenheit zu ermitteln. Am ersten schulfreien

Tag waren sie gleich nach Sonnenaufgang aufgebrochen und hatten nun, am frühen Abend, beinahe ihr Ziel erreicht. Bis nach Medford waren die Straßen gut gewesen, doch dieses letzte Stück wollte einfach nicht enden.
Die Sonne verschwand hinter einem Bergkamm und tauchte nicht wieder auf. Nach und nach verblasste das bisschen Tageslicht, das die dichten Wolken hindurchgelassen hatten.
»Wenn wir Ridgelake nicht bald erreichen, haben wir ein Problem. Sobald es ganz dunkel ist, werden wir es nämlich nicht mehr finden«, orakelte Peter.
»Die Gegend mag sehr einsam sein«, stimmte Justus zu, »aber wir befinden uns nach wie vor in einem zivilisierten Land. Außerdem müssten wir bald da sein. Ich bin sicher, jede Sekunde kommt ein Hinweisschild.«
»Das sagst du schon seit einer halben Stunde, Just«, warf Bob ein.
»Na ja, auf der Karte sieht es ja auch ganz nah aus. Aber wenn Peter so langsam fährt ...«
»Peter fährt deshalb so langsam, weil Peter sonst den nächsten Abhang hinunterrasen würde, und das fände Peter gar nicht lustig.«
»Aber hier sind doch gar keine Abhänge, Peter«, warf Bob ein. »Wir fahren durch ein Tal!«
»Außerdem möchte Peter seine Stoßdämpfer schonen, denn diese Straße ist das Schlimmste, was Peters geliebtem Wagen passieren konnte. Und Peter möchte das Hinweisschild, das laut Justus jede Sekunde auftauchen müsste, nicht verpassen. Deshalb fährt Peter so langsam.«
»Ist ja schon gut, Peter«, versuchte Justus, den Zweiten Detektiv zu beruhigen. »Das Hinweisschild müsste wirklich jeden Moment auftauchen. Laut Karte sind wir jedenfalls schon sehr nahe. Das Einzige, was mich irritiert, ist dieser geheimnisvolle

See, von dem Darren sprach. Der ist auf der Karte nämlich gar nicht drauf.«
»Vielleicht hättest du doch eine aktuelle Karte von Oregon besorgen sollen, anstatt dieses vergilbte, zerfledderte Ding von neunzehnhundertzweiundfünfzig aus der ollen Kiste auf dem Schrottplatz zu ziehen.«
»Neunzehnhundertsechsundfünfzig. Und ein See ist ein See, Peter, der ist ja nicht erst in den letzten fünfzig Jahren aufgetaucht.«
»Und warum ist er dann nicht auf der Karte drauf?«
»Wahrscheinlich ist er zu klein«, vermutete Justus.
»Darf ich einen Tipp abgeben?«, meldete sich Bob. »Der See entpuppt sich als Karpfenteich, das geheimnisvolle Glühen als stimmungsvolle Teichbeleuchtung, Darren als Spinner und unser neuer Fall als Reinfall.«
Justus seufzte tief. »Fallt ruhig über mich her. Macht mich zur Schnecke, wenn wir umsonst siebenhundert Meilen gefahren sein sollten. Aber bitte erst, wenn ihr einen Grund dazu habt, okay?«
»Da vorn ist ein Schild!«, rief Peter. »Na, endlich!«
Der Wegweiser stand an einer Weggabelung. Die Straße nach rechts war genauso schlecht beschaffen wie auf den letzten Meilen. Der Weg nach links war noch schlimmer. Das rostige und verbeulte Schild wies nach links: *Ridgelake 2 Meilen*
»Das war ja klar«, stöhnte Peter und beugte sich missmutig vor, um durch den dichten Regen einen Blick auf das zu erhaschen, was sie erwartete. »Ich dachte, es kann nicht mehr schlimmer kommen. Aber da habe ich mich wohl getäuscht. Tut mir leid, Leute, aber ich kann unmöglich links abbiegen. Das ist ja nicht mal mehr eine Straße!«
»Hm«, murmelte Justus. »Bist du sicher, Zweiter? Dein Wagen hält doch einiges aus ...«

»Er soll nichts *aushalten*, Just, er soll mich sicher von A nach B bringen. Und da er das die meiste Zeit auch tut, bin ich ihm ein bisschen Rücksicht und Wohlwollen schuldig! Wenn ich hier abbiege und weiterfahre, bleibe ich wahrscheinlich im nächsten Schlammloch stecken. Darauf kann ich verzichten. Und ihr sicherlich auch.«
»Was schlägst du also vor?«
»Gar nichts. Für Vorschläge bist du heute zuständig. Ich kann nicht mehr denken.«
»Dann lassen wir den Wagen halt stehen und gehen das letzte Stück zu Fuß«, meinte Bob. »Zwei Meilen sind ja wohl zu schaffen.«
»Bei dem Wetter?«, fragte Justus. »Und ohne Licht? Und was machen wir mit unseren Sachen?«
»Wir haben Taschenlampen«, antwortete Bob. »Und die Sachen können wir morgen holen, wenn es aufgehört hat zu regnen.«
»Und was ist mit dem Wagen? Wenn er geklaut wird?«
Peter lachte bitter. »Von wem denn, Justus? Wir sind seit Ewigkeiten keiner Menschenseele mehr begegnet.«
Justus seufzte schwer. Er hatte überhaupt keine Lust, zwei Meilen durch den Regen zu marschieren. Andererseits hatten Peter und Bob mit allem recht, was sie sagten. »Also schön. Dann gehen wir eben zu Fuß.«
Peter stellte den Wagen so weit wie möglich an den Rand der Straße. Die drei Detektive kramten die dicksten Pullover hervor, die sie dabeihatten, und zogen sie über. Dann nahmen sie ihre Taschenlampen, stiegen aus und machten sich auf den Weg.

Der Mann im Wasser

Nun, da er nicht mehr angestrengt auf die Straße starren musste, widmete Peter seine Aufmerksamkeit der Umgebung: Links breitete sich eine endlose Bergkette aus, die in tieferen Lagen von nassen Wildwiesen, grau-violettem Heidekraut und stacheligem Gestrüpp bewachsen war. In den Tälern, wo die Erde den Regen wie ein Schwamm aufgesogen hatte, gähnten dunkelbraune Morastlöcher. Es war ein Paradies für Moskitos und Frösche. Und ein Albtraum für jedes andere Lebewesen. Auf der rechten Seite wurde das Land noch bergiger, und in der Ferne drückten hinter ausgedehnten Nadelwäldern schneebedeckte Gipfel ihre Silhouette in den Abendhimmel.

Schweigend wanderten die drei ??? durch die wilde, einsame Landschaft, bis Peter so abrupt stehen blieb, dass Bob mitten in ihn hineinlief.

»Mann, Peter, was soll denn das?«

»Psst! Seht mal da drüben!« Peter wies nach links, wo sich das feuchte Hügelland in der Dunkelheit verlor. Erst sahen Bob und Justus nicht, was ihr Freund meinte, doch dann entdeckte Bob einen Lichtschein, der etwa eine Viertelmeile entfernt über die Heide tanzte. Das Licht bewegte sich langsam parallel zur Straße die Berge hinauf.

»Könnte das das Licht sein, von dem Darren erzählt hat?«, fragte Bob.

Doch Justus schüttelte den Kopf. »Er sprach von einem Licht im Wasser. Das da meinte er bestimmt nicht.«

»Vielleicht ist es ein Irrlicht«, flüsterte Peter. »Ich habe gehört, dass es so was im Moor gibt. Irrlichter locken Wanderer in den Sumpf, wo sie dann versinken. Wir sind zwar nicht gerade im Moor, aber ...«

»Unsinn«, meinte Justus. »Das ist kein Irrlicht.«
»Sondern?«, fragte Peter.
»Keine Ahnung.«
»Vielleicht bloß jemand mit einer Taschenlampe«, überlegte Bob.
»Wir könnten es uns ja mal näher ansehen«, schlug Justus vor.
»Nein«, sagte Peter schnell. »Könnten wir nicht. Wer weiß, was das ist. Habt ihr nicht die Sumpflöcher gesehen? Am Ende versinken wir noch! Außerdem ist es schon so dunkel, dass wir womöglich die Straße nicht wiederfinden.«
Justus verzog das Gesicht. »Das ist leider ein Argument.«
Schweigend beobachteten sie den gelblichen Schimmer, bis er plötzlich verschwand.
»Es ist weg«, stellte Peter fest. »Wahrscheinlich hinter einem Hügel verschwunden. Umso besser. Ich will jetzt so schnell wie möglich nach Ridgelake, und wehe, da ist es nicht warm und trocken und gemütlich!« Er riss seinen Blick von der dunklen Hügellandschaft los und setzte den Weg fort.
Zur Erleichterung der drei ??? hörte es bald auf zu regnen. Nach einiger Zeit führte der Pfad steil bergan.
»Es ist mir ein Rätsel«, keuchte Bob auf dem Weg zur Hügelkuppe, »wie man hier mit einem Wagen raufkommen soll. Selbst mit Allradantrieb hätte man seine Schwierigkeiten! Ridgelake kann doch nicht *so* abgelegen sein! Oder doch?«
Justus setzte zu einer Antwort an, doch in diesem Moment erreichten sie den Hügelkamm. Im letzten bisschen Dämmerlicht breitete sich keine hundert Meter entfernt eine spiegelglatte Wasserfläche aus. Schwer, dunkel und unbewegt wie Eisen lag vor ihnen ein See. Das Ufer war von einem steinigen, kaum sichtbaren Pfad gesäumt. Die andere Seite lag in der Dunkelheit.
Es war still. Auf seltsame Weise stiller als vorher. Es schien, als

würde der See jeden Laut aufsaugen. Oder als strahlte der See die Stille aus wie eine Heizung die Wärme.
»Wow«, sagte Peter. Dann marschierten die drei Detektive schweigend bis ans Wasser hinunter, den Blick fasziniert auf die dunkle Oberfläche gerichtet.
»Ich fürchte, wir haben ein Problem«, sagte Justus nach einer Weile. »Dieser See existiert auf der Karte nicht. Dabei ist er so groß, dass er auf jeden Fall drauf sein müsste.«
»Und was heißt das?«, fragte Peter.
»Entweder ist das der See, von dem Darren sprach, dann verstehe ich allerdings nicht, warum er nicht auf der Karte zu finden ist. Oder aber wir haben uns komplett verfahren und sind ganz woanders.«
Der Zweite Detektiv stöhnte. »Aber auf dem Schild stand doch Ridgelake!«
»Vielleicht heißt der See so«, mutmaßte Bob. »Dann wären wir wirklich falsch.«
»Es hilft nichts«, seufzte Justus. »Wir müssen zurück zum Wagen.«
Sie wollten sich gerade abwenden, als Bob plötzlich etwas aus den Augenwinkeln wahrnahm. Er kniff die Augen zusammen und blickte auf den See hinaus in die Dunkelheit. »Schaut mal, da ist wieder dieses merkwürdige Licht. Es ist jetzt mitten auf dem See. Und es bewegt sich ganz langsam.«
»Es scheint zu schweben«, bemerkte Justus fasziniert und begann, unbewusst an seiner Unterlippe zu zupfen. »Sonderbar.«
»Ich wusste nicht, dass Irrlichter auch übers Wasser schweben können«, sagte Peter unwohl. »Kommt, Leute, lasst uns zurückgehen, mir ist das irgendwie zu unheimlich. Außerdem ist es fast stockdunkel. Wenn wir jetzt nicht umkehren, finden wir den Weg wirklich nicht mehr. Und dann versinken wir doch noch im Sumpf.«

»Warte doch mal, Peter«, hielt Justus ihn zurück, den Blick starr auf das seltsame Licht gerichtet. »Es könnte natürlich nur ein Fischerboot sein. Aber vielleicht ist es auch etwas anderes.«
»Justus!«, sagte Peter streng. »Wir steigen jetzt wieder in den Wagen und fahren die Straße weiter in die andere Richtung, und dann finden wir Ridgelake und Darren, und der hat etwas Warmes zu essen für uns und ein gemütliches Bett, und alles wird gut. Für alles andere ist morgen noch genug Zeit!« Er wartete erst gar keine Antwort ab, sondern drehte sich entschlossen um und stieg die Anhöhe hinauf, über die sie gekommen waren, den Strahl seiner Taschenlampe auf den schmalen, steinigen Pfad gerichtet.
Bob folgte ihm, und schließlich konnte sich auch Justus vom Anblick des gelb schimmernden, leicht tanzenden Lichts, das über dem See schwebte, losreißen.
Plötzlich wurde es hell. Justus, der schon den Hügelkamm erreicht hatte, warf einen Blick zurück. Der schwache, glühwürmchenhafte Schein war verschwunden. Stattdessen erstrahlte nun ein weißes, blendendes Licht. Es schien, als käme es aus dem See selbst.
»Seht doch nur!«, flüsterte Justus.
Bob und Peter blickten sich um.
»Das gibt's doch nicht!« Peter traute seinen Augen kaum. »Was ist das?«
»Es sieht aus, als würde das Wasser leuchten«, meinte Bob. »Unglaublich!«
Justus kniff die Augen zusammen und versuchte, mehr zu erkennen, doch die Quelle des Lichts war zu hell, und die Wasseroberfläche wellte und verzerrte alles zu sich ständig verändernden Schemen. Für einen Moment glaubte Justus sogar, Formen in dem Licht ausmachen zu können: Mauern und Dächer schienen durch das Wasser zu schimmern, so als blick-

te er von oben auf eine Stadt. Aber das Bild flackerte unscharf wie eine Fata Morgana und war bald darauf wieder verschwunden.
Dafür sah er plötzlich etwas anderes. Ein Schatten war am Ufer des Sees aufgetaucht, nur etwa fünfzig Meter von ihnen entfernt. Dort stand jemand mit dem Rücken zu ihnen und blickte auf das Leuchten hinaus. Kleidung und Körperhaltung ließen auf einen älteren Mann schließen. Vielleicht hatte er schon die ganze Zeit dort gestanden, doch Justus hätte ihn ohne das seltsame Licht niemals bemerkt.
Auch Peter hatte den Mann entdeckt. »Da ist einer!«, sagte er und duckte sich unwillkürlich. Doch der Mann machte keine Anstalten, sich umzudrehen. Er blieb eine ganze Weile unbewegt. Justus glaubte, ein leises Gemurmel zu hören. Plötzlich tat der Unbekannte einen Schritt in das Wasser hinein. Und noch einen. Wie in Trance stieg er ganz langsam tiefer und tiefer in den See.
»Ist der bescheuert, was macht der denn da?«, fragte Bob. »Das Wasser muss doch eisig sein!«
Inzwischen stand der Mann schon bis zu den Hüften im See.
»Wir müssen ihm helfen!«, rief Peter und setzte sich in Bewegung. Er rannte die Anhöhe hinab. Als er das Ufer erreichte, stand dem Mann das Wasser bis zur Brust.
»He!«, rief Peter. »Sie da! Hallo! Kommen Sie da raus!«
Der Fremde reagierte nicht, sondern ging immer weiter.
Peter zögerte nur eine Sekunde. Dann sprang er in die Fluten. Die Kälte des Bergseewassers raubte ihm den Atem. Augenblicklich sogen sich seine Schuhe und seine Hose voll und zerrten an ihm wie Bleigewichte. Doch dann hatte er den Mann endlich erreicht. »Hallo? Können Sie mich hören?«, rief der Zweite Detektiv.
Der Mann drehte sich um.

Peter erschrak. Der Fremde hatte ein faltiges, eingefallenes Gesicht. Unter seiner Schiebermütze lugte schneeweißes Haar hervor. Er schien schon über achtzig Jahre alt zu sein. Seine Augen waren eisblau. Verwirrt und zutiefst verängstigt blickte er Peter an. Dann flüsterte er einen Namen: »Charly? So jung ...«
»Nein, mein Name ist Peter Shaw. Sie müssen sofort aus dem Wasser raus, sonst erfrieren Sie. Kommen Sie, ich helfe Ihnen!« Peter fasste ihn am Oberarm und zog ihn mit sanfter Gewalt zurück zum Ufer.
Der Mann setzte sich kraftlos zur Wehr. »Aber es ist Zeit!«, protestierte er und wandte sich dem Licht zu. Doch in diesem Augenblick verlosch der weiße Schein im Wasser, und der See versank in Dunkelheit.
»Wie heißen Sie?«, fragte Peter, während er sich abmühte, den Mann aus dem Wasser zu ziehen. Er machte einen so schwächlichen Eindruck, dass Peter befürchtete, er würde ohnmächtig werden. Das durfte auf keinen Fall passieren.
»Paul«, murmelte der Mann. »Paul Brooks.«
»Wir haben es bald geschafft, Mr Brooks. Nur noch ein paar Meter. Sehen Sie die beiden Taschenlampen da vorn? Das sind meine Freunde Justus und Bob. Wir werden Ihnen helfen. Unser Auto steht nicht weit entfernt. Und von dort aus bringen wir Sie in den nächsten Ort, wo man sich um Sie kümmern kann.«
»Ridgelake«, murmelte Mr Brooks. »Ich komme aus Ridgelake. Gleich hinter dem nächsten Hügel.«
»Umso besser, genau unsere Richtung.«
Die letzten Schritte aus dem Wasser waren die anstrengendsten. Die nasse Kleidung zog an ihnen wie tausend Hände. Doch dann hatten sie es geschafft.
»Geht es ihm gut?«, fragte Justus aufgeregt und half Peter, Mr Brooks zu stützen.

»Ich weiß nicht«, sagte Peter. »Er muss sofort aus den nassen Sachen raus. Und ich auch. Wir müssen zurück zum Auto.«
So schnell es ihnen möglich war, ohne den alten Mann zu überfordern, kletterten die drei Detektive über die Anhöhe und bewegten sich Richtung Straße. Mr Brooks keuchte und stolperte immer wieder, sodass Peter schon befürchtete, er würde zusammenbrechen. Es hätte ihn nicht gewundert. Seine eigenen Füße und Beine waren taub vor Kälte, und er schlotterte am ganzen Körper. Wie mochte es erst Mr Brooks ergehen?
»Mr Brooks«, begann Bob vorsichtig. »Warum sind Sie ins Wasser gestiegen?«
Doch Justus warf ihm einen warnenden Blick zu und sagte schnell: »Wir sollten uns jetzt darauf konzentrieren, zum Auto und dann nach Ridgelake zu gelangen. Für alles andere ist später noch genug Zeit. Nicht wahr, Mr Brooks?«
Paul Brooks nickte schwach.
Endlich waren sie wieder beim Wagen. Die drei ??? halfen dem Mann ins Auto, und Peter gab Gas. Rasant wendete er auf dem holprigen Weg, dass der Schlamm nach allen Seiten spritzte, und fuhr in die entgegengesetzte Richtung.
Die Straße führte eine Meile geradeaus, dann machte sie einen weiten Bogen um einen grasbewachsenen Hügel. Plötzlich tauchte das Dorf vor ihnen auf. Auf einem alten, verwitterten Schild stand ›Ridgelake‹.
Ridgelake war kleiner, als die drei ??? erwartet hatten. Es gab nur eine breite und eine Handvoll schmaler Straßen. Die Häuser waren allesamt aus Holz gebaut. Es war zu erahnen, dass sie, als sie neu gewesen waren, strahlend und herrschaftlich ausgesehen hatten. Doch das war viele Jahrzehnte her. Die Farbe war längst abgeblättert und nie erneuert worden. Und das Holz hatte sich mit Wasser vollgesogen und war dunkel und fleckig geworden.

Der MG holperte über eine Schwelle, die den Übergang von der Schlammpiste zur Teerstraße markierte. Der Asphalt war aufgesprungen und von notdürftig mit Kies gefüllten Löchern durchzogen.
»Wohin sollen wir Sie bringen, Mr Brooks?«, wandte sich Justus an den alten Mann. »Zu Ihnen nach Hause oder ...«
Doch Paul Brooks reagierte nicht mehr. Er zitterte am ganzen Leib und schien die Frage des Ersten Detektivs gar nicht mitbekommen zu haben.
»Halt bei der Gaststätte da vorn!«, entschied Bob. »Ich gehe rein und frage.«
Peter hielt an, und Bob sprang schnell aus dem Wagen. Sein Blick fiel auf das abgewetzte Holzschild, das über der Tür an einer rostigen Stange hin- und herbaumelte. ›Regenloch‹ stand darauf. »Reizender Name«, murmelte Bob. Er zog die schwere Tür auf und betrat den dunklen, nach Bier und Rauch riechenden Schankraum. Die funzeligen Lampen über dem Tresen gaben kaum Licht ab. An einem Tisch in einer dunklen Ecke saßen zwei alte Männer tief über Biergläser gebeugt. Über ihren Köpfen schwebte eine Glocke aus blauem Dunst. Als sie Bob bemerkten, erstarb das Gespräch der beiden Männer, und sie starrten zu ihnen herüber. Irgendwo dudelte blechern ein alter Countrysong aus dem Radio.
Bob wollte sich gerade an die beiden wenden, als plötzlich ein brauner Schatten hinter dem Tresen hervorsprang und kläffend auf ihn zurannte. Instinktiv zerrte Bob einen leeren Stuhl heran und brachte ihn zwischen sich und den zähnefletschenden Hund, der sich knurrend und mit gesträubtem Nackenfell vor ihm aufbaute.
Polternde Schritte näherten sich. Der Wirt trat durch einen schmalen Durchgang aus der Küche hinter die Theke. Er trug eine fleckige Schürze, die vor zwanzig Jahren vielleicht einmal

weiß gewesen war und sich nun über seinen gewaltigen Bauch wölbte. Sein Gesicht war unrasiert, und das wenige Haar, das ihm geblieben war, klebte in langen, gelblichen Strähnen an seinem Schädel.
»Zero!«, herrschte er den Hund an, und sofort kehrte das sabbernde Monster zurück zu Herrchen. Dann funkelte der Mann den dritten Detektiv unter buschigen grauen Augenbrauen an.
»Verfahren, wie?«, knurrte er.
»Nein, Sir, ich habe mich nicht verfahren. Ich brauche Ihre Hilfe. Meine Freunde und ich haben gerade einen älteren Herrn aufgelesen, der hier wohnt, Paul Brooks. Kennen Sie ihn?«
»Paul? Klar kenne ich den. Aber dich nicht. Wer bist du?«
»Das ist jetzt nicht wichtig«, sagte Bob. »Mr Brooks ist in den Bergsee gefallen. Wir haben ihn aus dem Wasser gerettet. Es geht ihm nicht gut. Er muss dringend zu einem Arzt oder in eine heiße Badewanne. Gibt es einen Arzt in Ridgelake?«
Der Wirt starrte ihn mit einer Mischung aus Überraschung und Unglauben an. Er schien noch darüber nachzudenken, ob er Bob auch nur ein Wort von dieser Geschichte glauben sollte. Inzwischen waren auch die beiden Männer am Tisch hellhörig geworden. »Was hat der Junge gesagt, Joe?«
»Wo ist Paul jetzt?«, fragte der Wirt.
»Draußen im Auto.«
»Daniel, komm mit!«, befahl er dem schmächtigeren der beiden Männer und stapfte auf die Tür zu. Daniel folgte ihm.
Bob wandte sich an den verbliebenen Gast: »Können Sie mir sagen, ob es hier einen Arzt gibt?«
»Na ja, einen Arzt nicht gerade«, murmelte der Mann. »Aber eine Ärztin. Die kommt zwar nicht von hier, aber –«
»Wissen Sie, wo sie wohnt?«
»'türlich.«
»Dann holen Sie sie!«

Darren

Sobald Joe sah, dass Bob die Wahrheit gesagt hatte, kümmerte er sich um Paul Brooks. Gemeinsam mit Daniel brachte er den alten Mann in sein Haus, das nur ein Stück weiter die Straße hinunter lag. Die drei Detektive folgten ihnen. Joe und Daniel zogen Brooks aus, legten ihn in sein Bett und deckten ihn bis unters Kinn mit einer dicken Daunendecke zu. Inzwischen war er nicht mehr ansprechbar. Immer wieder wurde er von Zitteranfällen geschüttelt. Dann kam endlich die Ärztin.
Dr. Jenny Holloway war eine kleine, stämmige Frau mit kurzem, ungepflegtem Haar und trug Kleidung, die eher zu einer Viehtreiberin als zu einer Ärztin passte. Ungeduldig schob sie die drei Detektive, den Wirt und seinen Begleiter beiseite und begutachtete Mr Brooks eingehend. »Was ist passiert?«, fragte sie knapp.
Joe hob zu einer wortreichen Erklärung an, wie Bob in seinen Laden gestürmt und wirres Zeug geredet habe, doch Justus unterbrach ihn einfach und erzählte knapp die wichtigsten Fakten.
»Gut«, sagte Dr. Holloway. »Und jetzt raus hier. Alle. Du!« Sie zeigte auf Peter. »Geh sofort unter die heiße Dusche!« Dann scheuchte sie die drei ???, Joe und Daniel mit einer ungeduldigen Handbewegung aus dem Raum.
Draußen auf der Straße trollte Daniel sich schnell zurück ins ›Regenloch‹, doch Joe blieb und blickte die drei Detektive finster an. »Glaubt ihr eigentlich, ich bin blöd? Ihr Burschen erzählt nicht die ganze Wahrheit! Ihr führt irgendwas im Schilde, und am besten sagt ihr mir gleich, was es ist.«
»Na, hören Sie mal!«, beschwerte sich Peter. »Was soll denn das heißen? Ich habe Mr Brooks aus dem See gerettet, und Sie beschuldigen uns …«

Justus legte ihm beruhigend eine Hand auf die Schulter und ergriff selbst das Wort. »Was mein Freund Peter sagen möchte: Wir können uns gern ein andermal ausführlicher austauschen, aber jetzt muss er erst mal unter die heiße Dusche!«
»Ach! Und wer sollte euch drei Bengel bitteschön in sein Haus lassen?«, schimpfte Joe. Doch die drei ??? ließen ihn einfach stehen und gingen zurück zum Wagen. »He!«, brüllte Joe ihnen hinterher.
»Sie sollten Ihre Gastronomie nicht so lange unbeaufsichtigt lassen!«, rief Justus zurück, ohne sich umzudrehen. »Da sitzen noch ein paar Gäste!« Dann kletterten sie ins Auto.
»Und jetzt schnell zu Darren!«, sagte Peter bibbernd. »Wo wohnt er noch mal, sagtest du?«
»Im Rathaus«, antwortete Justus. »Das hat er am Telefon zumindest behauptet.« Sie folgten der Hauptstraße. Sie bestand im Wesentlichen aus einem Lebensmittelladen, einer Tankstelle und dem ›Regenloch‹. Außer dem Wirt, der ihnen böse Beschimpfungen hinterherrief, war im schwachen Licht der Straßenlaternen keine Menschenseele zu sehen. Aber alle drei beschlich das Gefühl, dass sich an allen Fenstern Schatten bewegten und ihre Ankunft in Ridgelake niemandem entgangen war.
Die Straße führte zu einem Platz, an dem eine kleine, weiß gestrichene Holzkirche stand. Gleich daneben befand sich das herrschaftliche Rathaus, an dessen Frontseite eine große Uhr auf fünf nach zwölf stehen geblieben war. Es waren die einzigen beiden Gebäude im ganzen Ort, die noch einen Hauch ihres alten Glanzes bewahrt hatten. Doch auch an der Rathausfassade blätterte die ehemals hellblaue Farbe ab, und einige der Fensterläden klapperten im Wind.
»Da wären wir«, sagte Justus, stieg aus und blickte an dem Gebäude empor.

Plötzlich wurde die Vordertür aufgerissen, und ein Junge, der ein kleines bisschen jünger als sie selbst sein mochte, stürzte auf die Straße. Seine Kleidung schlabberte ihm am Leib, als wollte er erst noch hineinwachsen, und seine braunen Haare standen unkontrolliert in alle Richtungen ab. Als er sprach, tat er das sehr schnell, hektisch und leise, so als fürchtete er, belauscht zu werden. »Da seid ihr ja endlich! Ihr seid es doch, oder? Die drei Detektive? Blöde Frage, wer solltet ihr sonst sein.«
»Wir sind es«, sagte Justus und stellte sich und seine Freunde vor. »Und du bist Darren.«
»Genau. Darren Duff. Gut, dass ihr endlich da seid. Ich dachte schon, ihr kommt nicht mehr. Gab's Probleme? Himmel, was ist denn mit dir passiert, Peter? Bist du irgendwo ins Wasser gefallen?«
»So ähnlich«, antwortete Peter und fing wieder an zu bibbern. »Aber es wäre toll, wenn wir dir das alles später erzählen könnten. Ich muss mich erst mal aufwärmen.«
»Ach so. Klar. Kommt rein!« Darren führte sie ins Haus. Zur Erleichterung der drei Detektive war es drinnen warm und äußerst behaglich eingerichtet. Auf den knarrenden Bodendielen lagen dicke, flauschige Teppiche, und die alten Möbel verbreiteten einerseits einen leicht muffigen Geruch, waren aber andererseits auch irgendwie gemütlich.
Darren zeigte Peter sofort das Badezimmer im zweiten Stock, und der Zweite Detektiv beeilte sich, unter die heiße Dusche zu springen.
Währenddessen erklommen Darren, Bob und Justus die schmalen Stufen hinauf in den dritten Stock, wo das Gästezimmer lag. Darren öffnete die Tür zu einem spärlich eingerichteten, aber warmen Raum. An der Wand standen drei Klappbetten. »Es ist nicht gerade Luxus, aber ...«
»Das reicht vollkommen«, seufzte Bob, stellte seine Tasche

ab und ließ sich erschöpft aufs Bett fallen. Justus tat es ihm gleich.
»Was für ein Tag!«, stöhnte er. »Erst siebenhundert Meilen mit dem Auto, und dann ...« Er tauschte mit Bob einen kurzen Blick.
»Ja, genau, was ist eigentlich passiert? Wieso war Peter so nass?«
Justus und Bob berichteten abwechselnd von der falschen Abzweigung und von Paul Brooks, den Peter aus dem See gerettet hatte. Das geheimnisvolle Licht verschwiegen sie zunächst.
»Paul Brooks?«, fragte Darren erstaunt.
»Kennst du ihn?«
»Ja, er ist ein Freund meines Großonkels. Das ist ja unglaublich! Und er ist einfach so ins Wasser gestiegen? Ohne jeden Grund? Er wollte ja wohl kaum baden gehen! Der See ist doch eiskalt!« Darren hatte angefangen, im Raum auf und ab zu laufen. »Es könnte natürlich auch mit dem zusammenhängen, weswegen ich euch angerufen habe. Gott, ich muss euch so viel erzählen, ich weiß gar nicht, wo ich anfangen soll!«
Von der Straße erklang ein Motorengeräusch. Darren ging zum Fenster und sah hinaus. »Da kommt mein Großonkel Cedric. Wundert euch nicht über ihn. Er ist etwas weltfremd, aber sonst eigentlich ganz okay.«
»Weshalb wohnst du eigentlich bei ihm?«, wollte Bob wissen.
»Wir ziehen von Seattle nach Los Angeles. Und meine Eltern waren der Meinung, dass ich beim Umzug nur stören würde, also haben sie mich für zwei Wochen nach Ridgelake verfrachtet. Ist zwar stinköde hier, aber ich muss wenigstens nicht zur Schule. Ach ja, mein Onkel glaubt, ihr wärt Freunde aus Seattle, die mich besuchen kommen. Er muss ja nicht gleich wissen, dass ihr Detektive seid.«
Schon kamen Schritte die Treppe hinauf, und wenig später wurde die Tür geöffnet.

»Darren? Stell dir vor, was ich gerade gehört habe. Der alte Paul ist ... oh. Dein Besuch ist schon da.«
»Hallo, Onkel Cedric. Das sind Justus und Bob aus Seattle.«
Cedric Duff war ein ungewöhnlich großer Mann mit schütterem weißen Haar und eingefallenem Gesicht. Sein Blick war unstet, so als schaute er dem Besuch nur ungern direkt in die Augen.
»Guten Tag, Sir«, sagte Justus höflich.
»Sollten es nicht drei sein?«, fragte Mr Duff.
»Ja, Peter ist noch ...«
»Hier bin ich schon!«, rief Peter und stand plötzlich in der Tür, nur mit einem Handtuch bekleidet. »Oh«, sagte er, als er Mr Duff erblickte. »Verzeihung.«
»Peter musste sich aufwärmen«, erklärte Darren. »Er ist nämlich ...«
»Etwa ins Wasser gefallen?«, erriet Mr Duff. »Dann wart ihr die Jungen, die Paul aus dem See gerettet habt? Ich war gerade noch im ›Regenloch‹, und Daniel und Joe haben mir alles erzählt.«
»Genau genommen war es Peter allein«, klärte Justus ihn auf.
Mr Duff trat auf den Zweiten Detektiv zu und drückte ihm die Hand. »Danke, mein Junge!« Ein wenig überrascht von seinem eigenen Gefühlsausbruch ließ Mr Duff Peters Hand gleich wieder los und blickte verlegen zur Seite. »Macht euch wegen Joe keine Gedanken, der ist nur etwas ruppig, aber im Grunde ein guter Kerl. Aber jetzt müsst ihr euch sicher erst mal ausruhen, nicht wahr. Ihr könnt mir ja morgen alles ausführlich erzählen. Ich lasse euch jetzt allein. Wenn ihr Hunger habt ... na ja, Darren kennt sich ja aus.« Er nickte ihnen kurz zu und verließ den Raum.
»Das macht ja schnell die Runde hier«, bemerkte Peter, nachdem die Schritte auf der Treppe verklungen waren.

Darren zuckte mit den Achseln. »Ist halt ein Dorf.«
»Wie geht es dir, Peter?«, fragte Bob besorgt.
»Bestens«, antwortete Peter, während er sich eilig etwas anzog. »Die Dusche hat gutgetan. Ich mache mir allerdings etwas Sorgen.«
»Wegen deiner Gesundheit?«, fragte Justus. »Du kannst ja zur Sicherheit morgen früh zu Dr. Holloway gehen.«
»Nicht wegen meiner Gesundheit«, unterbrach Peter ihn unwillig. »Wegen uns! Wir waren noch nicht mal in Ridgelake angekommen und steckten schon wieder mittendrin in seltsamen Vorkommnissen! Noch bevor wir überhaupt Genaueres über unseren Fall wissen, springe ich schon in eisige Bergseen und rette lebensmüde Greise. Nicht zu vergessen die vollkommen rätselhaften Lichterscheinungen, die –« Peter bemerkte den warnenden Blick des Ersten Detektivs zu spät. »Oh, Mist. Das hätte ich nicht sagen sollen, oder?«
»Ich hätte es vorgezogen, mit diesem Teil der Geschichte noch etwas zu warten, bis wir Darrens Version gehört haben«, sagte Justus leicht verstimmt.
Doch Darren sprang sofort darauf an. »Ihr habt ein Licht gesehen?«, rief er aufgeregt. »Etwa am See? So, als würde das Wasser weiß leuchten?«
»Allerdings, so war es«, sagte Justus und erzählte Darren in kurzen Worten, was er ihm zuvor verschwiegen hatte.
»Verdammt!«, rief Darren und begann wieder, im Zimmer auf und ab zu laufen. »Und ich habe es nicht gesehen! Aber ich konnte mich heute nicht auf die Lauer legen, ich musste schließlich auf euch warten! Andererseits ... zum Glück habt *ihr* es gesehen! Zwischendurch dachte ich nämlich, ich spinne, versteht ihr? Ich dachte: Verdammter Mist, jetzt hast du die drei Detektive aus Rocky Beach angerufen, und sie kommen extra den ganzen Weg hierhergefahren, und am Ende stellt sich dann

heraus, dass da gar nichts war, dass ich Halluzinationen hatte, dass es überhaupt keine Lichter gab und das ganze Zeug! Aber jetzt habt ihr es auch gesehen! Das ist ... das ist der Hammer! Das ist wirklich –«

»Darren ...«, versuchte Justus, den Wortschwall zu unterbrechen. Vergeblich.

»Das ist wirklich der Hammer! Was meint ihr, könnt ihr den Fall lösen? Ich meine, klar könnt ihr das, das ist ja wahrscheinlich eure leichteste Übung, aber ich meine, in der kurzen Zeit! Wie lange werdet ihr eigentlich bleiben? Das hatte ich ganz vergessen, dich am Telefon zu fragen, Justus. Wenn ihr nicht so lange bleiben könnt, dann sollten wir am besten sofort anfangen mit den ... äh ... Ermittlungen, richtig? Am besten noch heute Nacht. Oder meint ihr, heute passiert nichts mehr? Immerhin *ist* ja heute schon was passiert. Das könnte ja bedeuten, dass es damit vorbei ist und erst morgen wieder –«

»Darren!«, rief Justus.

»Ja?«

»Wenn du uns unterstützen willst, dann tu zwei Dinge. Erstens: Hör auf, hin und her zu laufen, und setz dich hin!«

Darren hörte auf, hin und her zu laufen, und setzte sich hin.

»Zweitens: Erzähl uns deine Geschichte bitte ruhig und sachlich und in der richtigen Reihenfolge! Ach ja, und drittens: Habt ihr vielleicht was zu essen im Haus?«

Das Phantom von Ridgelake

Darren Duff kannte Ridgelake bereits seit seiner Kindheit. Sein Vater stammte aus dem Dorf, war jedoch weggezogen, sobald er alt genug war. Doch hin und wieder kehrte die Familie für einige Tage nach Ridgelake zurück, um Darrens Großonkel Cedric zu besuchen. Darren hatte sich jedes Mal furchtbar gelangweilt. Kinder gab es hier keine, und die Erwachsenen hatten ihn immer wie einen Eindringling behandelt, allen voran Joe Wilcox, der Wirt vom ›Regenloch‹, der Darren nicht ausstehen konnte. Das beruhte schnell auf Gegenseitigkeit.
»Und jetzt bin ich für zwei Wochen in dieses Kaff abgeschoben worden«, erzählte Darren weiter. »Ich sage euch, es gibt wirklich Cooleres! Ich kenne Onkel Cedric kaum, wir waren ja nur selten hier. Und man kann hier einfach nichts machen! Ich habe mich jedenfalls schon nach zwei Tagen zu Tode gelangweilt und bin durch die Gegend gestreunt. Ich hatte mich ein bisschen in der Zeit verschätzt und machte mich erst bei Einbruch der Dunkelheit auf den Rückweg. Ich ging am See vorbei, alles war stockfinster, und plötzlich war es knallhell. Das Wasser selbst hat geleuchtet, so voll UFO-mäßig. Ungefähr eine halbe Stunde lang blieb es so, aber ich hatte leider kein Fernglas dabei, sonst hätte ich vielleicht noch mehr erkannt. Und dann war es ganz plötzlich wieder dunkel, genauso wie vorher. Total unheimlich.«
»Hast du sonst noch etwas Verdächtiges beobachtet?«, fragte Justus.
»Ist das nicht verdächtig genug?«
»Ich meine: Etwas, das uns vielleicht entgangen ist.«
»Na ja«, zögerte Darren. »Als das Licht aus war, dachte ich kurz, dass ich Stimmen höre. Aber sie waren weit entfernt, und ich

konnte nichts verstehen. Vielleicht habe ich mir das aber auch nur eingebildet. Jedenfalls war das vor drei Tagen. Und ich dachte sofort: Das ist ein Fall für die drei ??? ! Also rief ich euch gleich am nächsten Morgen an. Gestern und vorgestern war ich auch am See, aber das Licht ist nicht wieder aufgetaucht. Also, was denkt ihr?«

»Worüber?«, fragte Peter.

»Na, über alles! Hier geht doch irgendwas vor sich! Was Unheimliches! Und darauf seid ihr schließlich spezialisiert. Also: Ist das nun ein Fall für die drei ??? oder nicht?«

Die drei ??? blickten einander an. Auf Justus' Gesicht hatte sich bereits ein breites Grinsen gelegt. »Ein geheimnisvolles Licht, ein lebensmüder alter Mann, Stimmen auf dem Wasser – das klingt ganz nach meinem Geschmack!«

Es war schon fast Mittag, als sich die drei ??? am nächsten Tag aus den Federn quälten. Der letzte Abend war sehr lang geworden, da Darren sie mit Fragen über ihre bisherige Detektivlaufbahn gelöchert hatte. Jetzt waren sie immer noch übernächtigt, während Darren schon ungeduldig wurde. Doch Justus bestand zunächst auf ein reichhaltiges Frühstück. Vorher, so konnte er Darren versichern, würde sein Gehirn gar nicht in Gang kommen.

Als sie die Küche betraten, saß Mr Duff gebeugt am Tisch und blickte abwesend über den Rand der Lesebrille hinweg von seiner Zeitung auf. »Guten Morgen, Mr Duff«, sagte Justus höflich. »Ich glaube, ich habe gestern Abend vergessen, Ihnen dafür zu danken, dass Sie uns ein paar Tage bei sich aufnehmen.«

Cedric Duff nickte und faltete seine Zeitung zusammen. »Ist schon gut, Junge, ist schon gut. Ich habe sowieso viel zu tun und werde die meiste Zeit unten im Arbeitszimmer sein. Ich werde gar nicht merken, dass ihr da seid.« Langsam, als müss-

te er seinen Körper erst auf die bevorstehende Anstrengung der Fortbewegung vorbereiten, stemmte er sich von seinem Stuhl hoch, nahm die Zeitung unter den Arm und schlurfte aus der Küche. Von seinem Interesse an den Ereignissen des Vortags schien nichts mehr übrig zu sein.
Darren sah ihm besorgt hinterher. »Er wird echt alt. Ist viel langsamer als früher.«
»Was arbeitet dein Großonkel denn?«, erkundigte sich Bob. »Ist er nicht schon pensioniert?«
»Habe ich das gar nicht erzählt? Er ist der Bürgermeister von Ridgelake«, antwortete Darren und machte sich daran, ein halbes Dutzend Eier in die Pfanne zu schlagen. »Deshalb wohnt er auch hier im Rathausgebäude. Aber das klingt toller, als es ist. In Ridgelake wohnen ja nur hundert Leute oder so. Früher oder später wird hier wohl jeder mal Bürgermeister. Und pensioniert wäre er eigentlich schon längst, aber es gibt kaum jüngere Leute in Ridgelake, die das Amt übernehmen könnten. Meine Mutter sagt immer, Ridgelake stirbt aus. Ungefähr die Hälfte der Häuser im Dorf steht schon leer. Und die andere Hälfte sind alte Leute, die kaum vor die Tür gehen. Ist richtig gruselig manchmal, so voll geisterstadtmäßig. Die Alten beißen nach und nach ins Gras, und es kommt niemand Neues dazu.«
»Haben die Leute hier denn keine Kinder?«, fragte Peter.
»Doch. Aber die sind alle weggezogen. So wie mein Vater, als er alt genug war. In Ridgelake hält es keiner länger aus als nötig.« Darren stellte die Pfanne mit den Rühreiern auf den Tisch. Sie waren etwas versalzen, aber die drei ??? machten sich trotzdem heißhungrig darüber her.
»Ich würde ja gern wissen, wie es Mr Brooks geht«, murmelte Peter, nachdem sie alles restlos aufgegessen hatten.
»Wir sollten ihm einen Besuch abstatten«, schlug Justus vor und warf Darren einen fragenden Blick zu.

Darren wirkte enttäuscht. »Ihr wollt zu Paul Brooks? Ich dachte, wir fangen gleich mit der Detektivarbeit an!«
»Das ist Detektivarbeit«, versuchte Bob, den Jungen zu überzeugen. »Schließlich hat Mr Brooks das Licht ebenso gesehen wie wir. Vielleicht hat er wichtige Informationen für uns.«
»Das glaube ich allerdings kaum«, murmelte Darren. »Paul spinnt ein bisschen, wisst ihr. Man kann sich mit ihm eigentlich nur übers Wetter unterhalten. Alles andere, was er von sich gibt, ist wirres Zeug.«
»Selbst wenn«, meinte Peter. »Ich wüsste trotzdem gern, wie es ihm geht.«
Also machten sich die drei Detektive fertig für einen Krankenbesuch und traten zehn Minuten später auf den menschenleeren Marktplatz. Ridgelake war so winzig, dass es sich nicht lohnte, in den MG zu steigen. Sie gingen das kurze Stück bis zum Haus von Mr Brooks zu Fuß. Aber auf dem Weg sahen sie nur Daniel, den Mann, der geholfen hatte, Mr Brooks nach Hause zu bringen. Er schaute ihnen ausdruckslos durch die Scheibe des Lebensmittelladens nach, in dem er arbeitete. Sonst ließ sich niemand blicken. Doch wie schon am Abend vorher wurden die drei ??? das Gefühl nicht los, aus der Deckung zugezogener Gardinen heraus beobachtet zu werden.
Schließlich standen sie vor Mr Brooks' kleinem, grauen Haus. Einige Dachschindeln waren heruntergefallen und lagen zerbrochen auf der Straße, und die beiden Bäumchen, die links und rechts der Tür in großen Blumenkübeln standen, waren schon vor einer Ewigkeit eingegangen. Eine Klingel gab es nicht, also klopfte Peter sacht an das Holz der Tür.
Nach einer Weile hörte er Schritte, dann wurde ihnen geöffnet. Vor ihnen stand Dr. Holloway. Ihr Haar war zerzaust, das Gesicht farblos und müde. Sie sah aus, als hätte sie die ganze Nacht nicht geschlafen.

»Oh«, sagte sie, »die jugendlichen Helden. Wollt ihr reinkommen?« Sie führte die Jungen in den Wohnraum, in dem schmutziges Geschirr herumstand und der Geruch von Pfeifentabak in der Luft klebte. »Kaffee?«
Die drei ??? wollten welchen, Darren lehnte ab.
»Ihr drei habt Paul also aus dem See gefischt, ja?«, fragte Dr. Holloway, nachdem sie einen Kessel Wasser aufgesetzt hatte. »Wer seid ihr denn überhaupt?«
»Freunde von mir«, erklärte Darren schnell. »Sie besuchen mich, solange ich noch bei meinem Großonkel bin. Es war purer Zufall, dass sie Paul entdeckt haben. Sie hatten sich nämlich verfahren und dachten, der Wegweiser an der Straße meint Ridgelake, den Ort, und nicht Ridgelake, den See.«
Dr. Holloway nickte langsam. »Und warum ist Paul überhaupt in den See gesprungen?«
»Das wüssten wir selbst gern«, antwortete Justus. »Hat er nichts gesagt?«
Sie schüttelte den Kopf.
»Wie geht es ihm denn?«, fragte Peter besorgt.
»Er hat Fieber«, sagte Dr. Holloway. »Nicht lebensbedrohlich, aber Paul ist ein alter Mann. Das Fieber schwächt ihn sehr. Die meiste Zeit schläft er. Er ist immer nur kurz wach, und dann redet er wirr.« Dr. Holloway seufzte. »Ich war die ganze Nacht bei ihm. Wahrscheinlich werde ich mich auch für die nächsten Tage hier einnisten und mich um ihn kümmern. Paul hat keine Angehörigen mehr, wie die meisten hier in Ridgelake. Vermutlich werde ich sie alle nach und nach zu Grabe tragen und irgendwann die Letzte sein. Manchmal habe ich das Gefühl, auf Ridgelake lastet eine Art Fluch. Als käme man an einen Ort, der dem Untergang geweiht ist.«
Sie schüttelte den Kopf. Der Wasserkessel begann zu pfeifen, und sie stand auf, um sich um den Kaffee zu kümmern.

»Sie selbst kommen nicht aus Ridgelake, oder?«, fragte Justus.
»Hat Joe Wilcox euch das verraten?«
Bob antwortete: »Der Mann aus dem Lebensmittelladen meinte, Sie kämen nicht von hier. Was hat Sie hierher verschlagen?«
»Meine Großmutter lebte in Ridgelake. Nachdem ich Medizin studiert hatte, bin ich häufig zu ihr gefahren, wenn sie krank war. Irgendwann musste ich mich dauerhaft um sie kümmern, da es in Ridgelake keinen Arzt gab. Nach und nach versorgte ich auch die anderen Dorfbewohner, da die alten Leute häufig nicht den weiten Weg nach Medford machen konnten, wenn sie krank waren. Schließlich starb meine Großmutter, und ich blieb hier hängen. Ich wollte das Dorf nicht im Stich lassen. Doch obwohl ich mich seitdem um die Menschen hier kümmere, bin ich immer noch die Neue. Die Zugezogene. Die, die nicht dazugehört. Klar, ich lebe ja auch erst seit zehn Jahren in Ridgelake.« Sie lachte, aber es klang nicht fröhlich.
Schweigen breitete sich aus, bis Peter fragte: »Dürfen wir Mr Brooks sehen?«
Jenny Holloway sah die drei Detektive und Darren zweifelnd an. »Paul braucht vor allem eins: Ruhe.«
»Nur ganz kurz«, bat Justus.
Sie seufzte. »Na schön. Aber nicht alle. Zwei von euch. Du und du.« Sie zeigte auf Peter und Darren. »Du hast ihn gerettet. Und dich erkennt er vielleicht, Darren. Ihr anderen wartet hier.«
Die Ärztin führte die beiden zum Schlafzimmer. »Aber nur ein paar Minuten«, raunte sie und öffnete die knarrende Holztür. Mr Brooks lag klein und eingefallen in seinem riesigen Bett. Dr. Holloway ließ Peter und Darren allein.
Sie traten an Mr Brooks' Bett. Der alte Mann hatte Schweiß auf der Stirn. Er atmete flach und schien zu schlafen. Doch als unter Peters Füßen eine Holzdiele knarrte, öffnete er zitternd

die Augen und blickte sich um, ohne die beiden Jungen sofort wahrzunehmen.
»Hallo, Mr Brooks«, sagte Darren leise. »Ich bin's, Darren Duff, erinnern Sie sich an mich?«
Doch Paul Brooks' Augen fanden Peter. Langsam streckte er eine zitternde Hand unter der Bettdecke hervor. Peter kam näher, setzte sich auf die Bettkante und griff nach der Hand. Sie war trocken und heiß. »Guten Tag, Mr Brooks. Mein Name ist Peter ...«
»Charly!«, keuchte Brooks leise, und sein Blick flackerte ungläubig, als er Peter in die Augen sah. »Du bist nun endlich hier, nicht wahr? Um mich abzuholen.« Mr Brooks Stimme war leise und brüchig. Peter war nicht sicher, ob er den alten Mann richtig verstand.
»Es tut mir leid, Mr Brooks, aber mein Name ist nicht Charly.«
Brooks schien ihn nicht zu hören. »Das Seelenlicht ... ich bin mitten hineingegangen. So kalt ... aber jetzt ist es warm. Heiß! Heiß wie die Hölle, die wir alle ... verdient haben. Es tut mir so leid, Charly ... Aber die Kinder ... die Kinder sind in Sicherheit. Den Kindern geht es gut. Sarah hat sich um sie gekümmert. Mach dir keine Sorgen, Charly. Deinen Kindern geht es gut ...« Paul Brooks' Stimme erstarb, und seine Lider schlossen sich. Sein Atem ging ruhig und gleichmäßig.
»Er ist wieder eingeschlafen«, flüsterte Darren nach einer Weile.
»Weißt du, wovon er geredet hat, Darren?«
Er schüttelte den Kopf. »Ich habe nicht den blassesten Schimmer.«
»Und?«, fragte Justus, als sie wieder zurück im Wohnraum waren.
»Er war kurz bei Bewusstsein«, sagte Peter. »Er hat mich wie-

der verwechselt, genau wie gestern Abend. Mit jemandem namens Charly.« Er wandte sich an Dr. Holloway. »Wissen Sie, wen er damit gemeint haben könnte?«
»Charly, ja?« Jenny Holloways Blick war unergründlich. »Charly, Charly ...«
»Sie kennen ihn?«
Sie schüttelte den Kopf. »Ich weiß nicht, wer Charly ist. Aber ich habe die Leute hier schon häufiger von ihm reden hören.« Sie senkte ihre Stimme, als fürchtete sie, von Mr Brooks im Nebenraum oder jemand anderem belauscht werden zu können. »Niemand redet offen über Charly. Aber wenn die Menschen krank werden, sagen sie manchmal Dinge, über die sie sonst schweigen. Im Fieber oder wenn sie mit dem Tod ringen. Ich sitze oft bei ihnen. Und es ist schon oft vorgekommen, dass sie von Charly sprechen. Ich habe jedoch nie herausfinden können, wer dieser Charly ist.«
»Was sagen die Leute denn?«, fragte Bob gespannt.
»Einige haben Angst vor ihm. Andere bitten ihn um Verzeihung.«
»Um Verzeihung wofür?«
»Das weiß ich nicht. Für mich ist Charly das Phantom von Ridgelake. Ein Geist, der in den Herzen der Menschen wohnt.«
»Das klingt aber eher nach einem bösen Geist«, murmelte Peter unbehaglich.
»Oh ja«, bestätigte Dr. Holloway. »Ein sehr böser sogar. Er sucht die Leute in ihren schlimmsten Träumen heim. Und manchmal, wenn das Fieber nicht zurückgeht, bringt er ihnen den Tod.«

Auf der Lauer

Peter atmete erleichtert auf, nachdem sie Paul Brooks' Haus verlassen hatten und langsam unter bleigrauem Himmel zum Rathaus zurückgingen. »Kollegen, ich sag's nicht gern, aber das war mir eigentlich schon wieder eine Spur zu unheimlich. Böse Geister, die den Tod bringen ... ich weiß ja nicht.«
»Dr. Holloway hat doch nur metaphorisch gesprochen«, antwortete Justus.
»Metawas?«
»Bildlich. Sie meinte keineswegs, dass hier böse Geister Leute umbringen, sondern dass die Menschen auf dem Sterbebett manchmal von diesem ominösen Charly reden.«
»Ich weiß, wie sie das gemeint hat«, antwortete Peter. »Aber das macht es nicht besser! Dieser Ort ist wirklich gruselig.«
»Ja, oder?«, sprang Darren auf den Zug auf. »Finde ich nämlich auch. Vielleicht ist es wirklich eine Art Fluch, wie Dr. Holloway gesagt hat. Dass das Dorf langsam ausstirbt und so. Vielleicht hängt alles irgendwie zusammen, wisst ihr, also das Licht und der See und Paul und Charly.«
Justus fand, dass Darren da ein wenig zu viel in einen Topf warf, aber er schluckte seinen Kommentar herunter. »Sobald die Sonne untergegangen ist, werden wir an den See gehen und schauen, ob wir mehr herausfinden können«, versprach er.

Als die drei ??? und Darren am Abend das Haus verließen, hatten sich die Regenwolken noch immer nicht verzogen. Aber für den Moment blieb es trocken. Sie schulterten die Rucksäcke, in denen sie ihre Ausrüstung verstaut hatten, und machten sich auf den Weg zum See.
Darren kannte eine Abkürzung quer über die Hügel. Sie klet-

terten über den Stacheldraht eines alten, längst zusammengebrochenen Weidezauns und gelangten unter Darrens kundiger Führung innerhalb von fünfzehn Minuten zum See.
Obwohl sie diesmal wussten, was sie erwartete, hatte der Anblick der spiegelglatten Wasseroberfläche nichts von seiner Faszination verloren. Von dem geheimnisvollen Licht war allerdings nichts zu sehen. Eine merkwürdige Stille lag über allem.
Die vier Jungen waren hinter einer Hügelkuppe in Deckung gegangen, um die Lage zu sondieren. »Das Licht kam von dort«, sagte Darren und wies nach vorn.
»Am besten verteilen wir uns möglichst gleichmäßig am Ufer«, schlug Justus vor. »So können wir das Licht besser orten, wenn es wieder auftauchen sollte. Und vielleicht machen wir von unterschiedlichen Punkten aus unterschiedliche Beobachtungen.«
»Okay«, flüsterte Peter. »Ich gehe mit Bob auf die andere Seite, ihr beiden könnt ja hierbleiben.«
Der Erste Detektiv räusperte sich. »Ich dachte eigentlich, jeder geht für sich. Dann können wir ein größeres Gebiet abdecken.«
Peter schluckte. »Jeder für sich? Aber ist das nicht etwas ... riskant?«
»Peter. Es ist nur ein Licht. Bis jetzt jedenfalls.«
»Und wenn irgendwas passiert?«
Justus nahm den Rucksack von seinen Schultern, öffnete ihn und zog einen schwarzen Kasten heraus. »Dafür haben wir ja die hier.«
»Was ist das?«, fragte Darren.
»Walkie-Talkies. Für dich haben wir auch eins.«
»Ach, diese Sprechfunkdingsbumse?« Begeistert nahm Darren sein Walkie-Talkie entgegen und ließ es sich von Justus erklären. Dann besprachen sie, wer wo Stellung beziehen sollte. Der See war sehr lang gezogen. Bis ans westliche Ende war es zu

weit. Da die Lichterscheinung jedoch beide Male in der östlichen Hälfte aufgetaucht war, beschlossen sie, sich auf diese Seite zu beschränken.
Justus blieb vor Ort, während Darren mit Bob und Peter den Posten verließ und die Führung übernahm. Er kannte sich am besten aus und führte die beiden halb um den See herum. Nach einer Viertelmeile blieb Bob zurück und duckte sich hinter einem Strauch. Eine weitere Viertelmeile entfernt bezog Peter Stellung auf einem Felsen direkt am Ufer des Sees. Fröstelnd zog er den Reißverschluss seiner Jacke bis zum Kinn hoch und blickte Darren hinterher, der noch ein Stück weitergehen wollte. Erst verschwanden seine Umrisse in der Dunkelheit, dann verstummte auch das Geräusch seiner Schritte auf dem steinigen Uferweg.
Peter blickte sich um. Hinter ihm fransten die Nadelbäume den Horizont aus, vor ihm lag der tiefschwarze See. Es war beinahe totenstill. Nur die schwache Brandung plätscherte durch den Kies, und hin und wieder sprang draußen auf dem Wasser ein Fisch. Dazu mischte sich das leise statische Rauschen des Walkie-Talkies, das er auf Empfang gestellt hatte.
Plötzlich drang eine Stimme aus dem Gerät. »Hi, Leute! Hier ist Darren! Funktioniert das Ding?«
»Erster an Darren: Offensichtlich funktioniert es, ja. Was ist mit den anderen?«
»Dritter an alle: Ich höre euch gut.«
Peter drückte auf den Sprechknopf. »Zweiter an alle: Ich auch. Hier ist alles ruhig. Kein Licht zu sehen.«
»Dann heißt es wohl abwarten«, sagte Justus.
Sie warteten. Peter rutschte unruhig auf dem kalten Stein hin und her und erhob sich schließlich, um auf und ab zu gehen und sich ein wenig aufzuwärmen.
Darren meldete sich über Funk: »Ich find's total irre, hier mit

euch auf der Lauer zu liegen. Voll krimimäßig. Dabei passiert gar nichts. Komisch, oder?«
Peter kicherte. Darauf fiel ihm beim besten Willen nichts ein. Aber Justus war wie so häufig nicht um eine Antwort verlegen: »Es wäre begrüßenswert, wenn du die Frequenz nur für wichtige, den Fall betreffende Beobachtungen nutzen würdest.«
»Ja, äh, sorry, Justus. Ich meine ... Erster.«
Wieder herrschte Stille. Peter sah auf die Uhr. Sie waren erst seit einer halben Stunde hier. Es kam ihm vor, als wäre schon die halbe Nacht vorüber. Er war müde, und ihm war kalt, seine Füße waren schon jetzt Eisklumpen.
Plötzlich meldete sich Bob: »Leute, seht ihr das auch? Da draußen ist was!«
Peter duckte sich und starrte mit zusammengekniffenen Augen auf den See hinaus. Zunächst sah er nur die Reflexion eines einzelnen Sterns, dem es gelungen war, durch die Wolkendecke zu brechen. Doch dann tauchte hinter einem Felsen plötzlich das gelbe Licht auf, das sie schon einmal gesehen hatten. Es schwebte über dem Wasser und glitt langsam auf die Mitte des Sees zu. Diesmal schien es viel näher, aber es war zu schwach, um in seinem Schein irgendetwas erkennen zu wollen.
Peter griff nach dem Funkgerät. »Ich sehe es. Ich glaube, ich bin ziemlich nahe dran. Was machen wir jetzt?«
»Abwarten und beobachten«, drang Justus' Stimme aus dem Lautsprecher.
Nach einer Weile hatte Peter das Gefühl, das Licht wäre stehen geblieben. Angestrengt starrte er. Hörte er da Stimmen? Oder war das nur die leichte Brise in den Sträuchern?
Das Licht flammte so plötzlich auf und war so hell, dass Peter regelrecht geblendet war. Es schien, als hätte der See Feuer gefangen. Im Zentrum strahlte sein Wasser in gleißendem Licht, in dem seltsame Umrisse tanzten und schwankten.

Peter war noch viel zu baff, um irgendwie zu reagieren, als plötzlich direkt neben ihm eine laute Stimme erklang.
»Leute, seht ihr das? Seht ihr das? Ich wusste, dass ich nicht spinne! Was machen wir denn jetzt? Was sollen wir jetzt tun? Nun sagt schon, ihr seid doch Detektive, ihr müsst doch wissen, was man in solchen Situationen unternimmt! Nun antwortet doch! Hallo? Hallo? Seid ihr noch da? Justus? Hallo? Ach, Mist, ich muss ja den Finger von der Sprechtaste nehmen.«
Es dauerte keine halbe Sekunde, bis Justus sich mit gedämpfter Stimme meldete: »Bist du bescheuert, hier so herumzuschreien, Darren? Man hört dich über den ganzen See, auch ohne Funkgerät! Du hältst jetzt die Klappe, verstanden? Wir unternehmen gar nichts. Jeder bleibt auf seinem Posten. Ende.«
Es herrschte eine Sekunde Stille, in der Peter versuchte, seinen Herzschlag zu beruhigen.
Dann erlosch das Licht, und der Bergsee versank wieder in bleierner Dunkelheit. Peter griff automatisch nach dem Walkie-Talkie, doch plötzlich hörte er ein leises Platschen. Ein Fisch, der auf dem See gesprungen war? Peter lauschte angestrengt. Minutenlang blieb es still und stockdunkel. Der Zweite Detektiv hatte gerade beschlossen, dass er das Walkie-Talkie jetzt gefahrlos benutzen konnte, da hörte er wieder etwas, ein merkwürdiges rhythmisches Plätschern, das ganz bestimmt nicht von einem Fisch stammte. Das Plätschern kam langsam näher. Peter duckte sich hinter den Felsen, auf dem er gehockt hatte, und starrte angestrengt in die Dunkelheit.
Keine zehn Meter von ihm entfernt erhob sich ein schwarzer Schatten aus dem See. Glänzend und triefend wankte die schreckliche Gestalt auf ihn zu, mit Augen groß wie Tennisbälle, einem riesigen Buckel auf dem Rücken und einem Gang wie Frankensteins Monster!

Das silberne Kästchen

Peter konnte gerade noch einen Schrei unterdrücken und sich tiefer in den Schatten des Felsens pressen. Die Gestalt kam näher, wankte platschend an Land und drehte sich zur Seite.
Nun erkannte Peter, dass es kein Monster war, sondern ein Taucher. Der Buckel war in Wirklichkeit eine Pressluftflasche, die riesigen Augen eine Taucherbrille, und der watschelnde Gang kam durch die Flossen an seinen Füßen zustande.
Nur leider hatte Peter deswegen kein bisschen weniger Angst. Ein Taucher mitten in der Nacht in einem gottverlassenen Bergsee war mindestens so unheimlich wie alles andere, was seine Phantasie sich auszumalen imstande war. Trotzdem konnte er den Blick nicht von der nass glänzenden Gestalt wenden.
Ein zweiter Taucher, der nicht minder gruselig aussah, erhob sich aus dem Wasser. Er zog an einem Seil etwas hinter sich her. Ein großer Schatten glitt auf dem Wasser heran. Es war ein nachtschwarzes Ruderboot. Knirschend lief es auf Grund.
Schweigend traten die Taucher an das Boot heran und befreiten sich von den Pressluftflaschen, den Bleigürteln, den Tauchermasken, den Flossen und den Kopfhauben aus Neopren. Unter der einen kam kurzes, blondes Haar zum Vorschein, unter der anderen langes, dunkles. Ein Mann und eine Frau, beide etwa in den Fünfzigern.
»Nun sag schon was, Carl«, sagte die Frau flüsternd.
»Was soll ich sagen?«, murrte Carl. »Ich finde, du bist hysterisch, das sage ich.«
»Aber da war wirklich etwas, glaub mir! Ich gebe zu, gestern war ich mir nicht ganz sicher, aber heute habe ich jemanden rufen gehört! Und zwar unmittelbar, nachdem du das Licht eingeschaltet hattest!«

»Und was schlägst du jetzt vor, Joan? Sollen wir die Aktion abbrechen?«
»Kein Mensch spricht von Abbruch, Carl. Wir sind hergekommen, um das Geheimnis um Cassandra zu lüften und ihr verdammtes silbernes Kästchen zu finden, und das werden wir auch tun. Aber wir müssen vorsichtiger sein.«
»Wir sind bereits vorsichtig. Deshalb tauchen wir nachts, schon vergessen? Weil tagsüber immer dieser alte Knacker hier herumschleicht. Aber selbst nach Einbruch in der Dunkelheit ist man hier nicht sicher.«
»Vielleicht sollten wir es doch noch einmal mit den Tauchlampen probieren«, überlegte Joan.
»Wir haben es schon ein paarmal mit den Tauchlampen probiert, Joan!«, donnerte Carl. »Mit den Dingern dauert es Wochen, bis wir den See durchkämmt haben!« Wütend stopfte er seine Ausrüstung unter die Sitzbank des Bootes.
»Und wenn wir von einem dieser Hinterwäldler entdeckt werden? Womöglich noch von diesem Joseph, vor dem wir uns in Acht nehmen sollen? Vor dem wollte Cassandra ja offensichtlich etwas geheim halten. Ich bin nicht bereit, den Inhalt des silbernen Kästchens leichtfertig aufs Spiel zu setzen! Die Leute von Ridgelake dürfen nicht dahinterkommen, was wir hier treiben. Also müssen wir vorsichtig sein.« Joan zog den Taucheranzug aus und schlüpfte schnell in warme Kleidung, die im Boot gelegen hatte.
»Schon gut, Joan«, sagte Carl beschwichtigend. »Ich habe es nicht so gemeint. Lass uns später darüber reden.«
Weiter kam Carl nicht, denn in diesem Moment rauschte Peters Walkie-Talkie in Ankündigung einer Nachricht von einem seiner Freunde.
Blitzschnell zuckte Peters Hand vor und schaltete das Funkgerät aus. Bewegungslos hielt er den Atem an.

»Was war das?«, flüsterte Carl alarmiert. »Hast du das auch gehört?«
»Etwas hat geraschelt«, wisperte Joan. »Da drüben. Vielleicht nur ein Vogel im Gestrüpp, aber ...«
»Aber vielleicht auch etwas anderes.«
Vorsichtige Schritte näherten sich dem Felsen, hinter dem der Zweite Detektiv hockte. Peter unterdrückte den Impuls, einfach loszurennen. Eine Taschenlampe flammte auf. Ihr Strahl wanderte über das steinige Ufer und kam immer näher.
Plötzlich hallte ein entfernter Ruf über den See. Es waren keine Worte zu verstehen, aber die Stimme erkannte Peter sofort: Darren.
Sofort verlöschte die Lampe.
»Hier ist wirklich jemand!«, raunte Carl.
»Das sage ich doch die ganze Zeit!«
»Die Stimme kam von dahinten.«
»Am besten verdrücken wir uns, sonst werden wir noch entdeckt! Los, hilf mir mit dem Boot!«
Eilig griffen Joan und Carl das Ruderboot vorn und hinten und wuchteten es ächzend hoch, um es dann ein Stück die grasbewachsene Böschung emporzutragen. Weiter oben wuchsen dichte Brombeersträucher. Sie machten sich daran zu schaffen, schoben das Boot tief in das Gestrüpp und verbargen ihre Spuren schließlich mit losen Dornenranken. Dann schulterten sie die Pressluftflaschen und wanderten weiter bergauf, bis sie hinter dem nächsten Hügel verschwunden waren.
Peter atmete erleichtert auf. Er hätte die beiden verfolgen können. Aber er wollte sein Glück nicht herausfordern. Für heute reichte es ihm mit der Aufregung. Sollten die anderen doch den Rest erledigen.
Die anderen! Peter griff nach dem Funkgerät und schaltete es ein. Augenblicklich war er mitten in einem hektischen Ge-

spräch zwischen Justus, Bob und Darren. Alle drei waren völlig aus dem Häuschen.
»–jetzt da, wo du eben warst, Bob. Wo bist du?«
»Keine Ahnung, wo ich bin, Darren. Unterwegs jedenfalls. Just, was ist mit dir?«
»Ich sehe euch nicht. Ich sehe überhaupt nichts, genauer gesagt. Es ist einfach zu dunkel. Beeilt euch!«
»Was meinst du, was wir tun!«, keuchte Bob. »Aber ich will auch niemandem in die Arme laufen!«
Peter drückte die Sprechtaste. »Leute! Beruhigt euch! Alles ist gut!«
»Peter!«, quäkte es aus dem Lautsprecher. »Bist du's?«
»Ja, ich bin's.«
»Was ist passiert?«, wollte Justus wissen.
»Das erzähle ich euch am besten vor Ort. Also beweg dich, Erster, sonst wirst du's nie erfahren!«
»Bin schon unterwegs!«
Bob erreichte den Zweiten Detektiv als Erster. Dann kam Justus, völlig außer Atem, von der anderen Seite. Und schließlich Darren, der den weitesten Weg zurückgelegt hatte.
Alle bestürmten ihn mit Fragen. Peter berichtete in allen Einzelheiten, was geschehen war. »Beinahe hätten die beiden mich entdeckt. Wenn Darren nicht plötzlich gerufen hätte ... warum hast du das eigentlich getan, Darren?«
»Weil du dich nicht mehr gemeldet hast! Ich dachte, es wäre was passiert, also habe ich nach dir gerufen, aber Justus hat ... na ja, also, er hat ...« Darren blickte beschämt zu Boden.
»Ich habe ihn über Funk zurechtgewiesen«, sagte Justus kalt.
»Du hast ihn zusammengestaucht«, korrigierte Bob ihn.
»Und zwar zu Recht. Wir waren mitten in einer Ermittlungsmission. Da schreit man nicht einfach so herum!«
»Na ja«, warf Peter ein, dem der plötzliche Stimmungswechsel

nicht gefiel. »Darren hat mich damit immerhin gerettet.«
»Pures Glück!«
»Mag sein, aber ...«
»Okay, vergessen wir die Sache«, lenkte Justus widerwillig ein. »Aber in Zukunft hältst du dich an unsere Anweisungen, wenn du weiterhin dabei sein willst, Darren, ist das klar?«
Darren nickte eifrig und schwieg überraschenderweise.
»Gut. Und jetzt sehen wir uns dieses Boot an, das die beiden Taucher da oben versteckt haben«, beschloss Justus.
Peter führte sie zu den Brombeersträuchern. Sie lauschten eine Weile in die Dunkelheit hinein und blickten über die Hügellandschaft hinweg, doch die beiden Fremden schienen verschwunden zu sein.
Vorsichtig, um keine Spuren zu hinterlassen, befreiten sie das versteckte Boot von den Dornenranken. Justus leuchtete mit der Taschenlampe hinein. Es war ein einfaches Holzboot. Im Innern lagen zwei ebenso einfache Ruder, die Masken und die restliche Ausrüstung der Taucher. Unter der Sitzbank waren zwei große Geräte verstaut. Der Erste Detektiv ging näher heran.
»Na, sieh mal einer an!«
»Was ist das?«, fragte Peter, der es nicht genau erkennen konnte.
»Das ist ein Halogenstrahler. Ein wasserdichter Halogenstrahler, um genau zu sein. Und ein ebenso wasserdichtes Kabel führt zu dieser dicken Autobatterie. Tja, Kollegen, ich fürchte, das Rätsel um den leuchtenden See haben wir bereits auf sehr unspektakuläre Weise gelöst. Wenn mich nicht alles täuscht, wurde der Strahler einfach auf der Unterseite des Bootes befestigt und eingeschaltet. Etwa so.« Justus griff nach dem Schalter. Der Scheinwerfer flammte in einer Helligkeit auf, die Bob, Darren und Peter aufstöhnen ließ.

»Mann, Just, was soll denn das!«, raunte Peter.
Justus schaltete das Licht wieder aus. »Ich wollte nur sehen, ob er wirklich so hell ist, wie er sein muss, um damit den Grund eines Sees abzusuchen.«
»Ist er«, sagte Peter.
»Aber warum sind sie denn vor drei Tagen nur eine halbe Stunde getaucht?«, traute sich Darren zu fragen. »Wenn sie einfach die ganze Nacht unter Wasser geblieben wären, wären sie doch schon viel weiter!«
»Man kann nicht so lange tauchen, wie man will«, erklärte Justus. »Beim Tauchen wird das Blut mit Stickstoff angereichert. Das wird ab einer bestimmten Menge gefährlich. Um den Stickstoff wieder abzubauen, muss man zurück an die Oberfläche und sich dort mehrere Stunden lang aufhalten.«
»Und wenn man das nicht macht?«
»Riskiert man alle möglichen Dekompressionskrankheiten oder eine Stickstoffnarkose, auch Tiefenrausch genannt. Und das ist dann nicht so angenehm.«
»Hier haben wir noch was!«, rief Bob, der währenddessen das Boot weiter unter die Lupe genommen hatte. Es war eine Klarsichtfolie, die jemand achtlos in eine Ecke geworfen hatte. Darin befand sich ein altes Schwarz-Weiß-Foto. Bob hielt seine Taschenlampe darauf und betrachtete es eingehend.
Es war ein Foto von einer jungen Frau. Sie trug einen altmodischen Hut und ein ebenso altmodisches Hauskleid und stand auf einer Art Marktplatz vor einer Kirche aus Stein mit einem hölzernen Glockenturm. Schüchtern lächelte sie in die Kamera. In den Händen trug sie ein silbernes, verziertes Kästchen, etwa so groß wie ein Buch.
»Es ist nur eine grobe Vermutung, aber ich bin so vermessen zu behaupten, dass die Dame auf dem Bild Cassandra heißt«, sagte Justus.

»Und dass das Kästchen, das sie unter dem Arm trägt, das Objekt der Begierde ist«, fügte Bob hinzu.
»Exakt. Zu dumm, dass wir das Bild nicht mitnehmen können. Aber wir sollten keinerlei Spuren hinterlassen.«
Bob legte die Folie mit dem Foto zurück ins Ruderboot, und gemeinsam richteten sie das Versteck wieder so her, wie sie es vorgefunden hatten. Danach führte Darren sie über die Hügel zurück nach Ridgelake. »Wie geht es denn jetzt weiter?«, fragte er aufgeregt. »Was wollen wir als Nächstes unternehmen?«
»Nachforschungen anstellen«, antwortete Justus. »Über den See, über Ridgelake, über eine Frau namens Cassandra, einen Mann namens Joseph und ein silbernes Kästchen. Und ...« Er verstummte.
»Wolltest du noch etwas sagen, Just?«, erkundigte sich Bob.
»Ja. Da ist noch etwas, das ich euch nicht erzählt habe.« Wieder verfiel Justus in Schweigen.
»Was denn, Justus?«, traute Darren sich zu fragen.
»Ich hatte ein Fernglas in meinem Rucksack. Damit hatte ich schon vorher das gelbe Licht beobachtet, aber es war einfach zu dunkel, um etwas zu erkennen. Als es dann plötzlich hell wurde, sah ich etwas an der Wasseroberfläche.«
»Und was?«, fragte Peter beunruhigt. Justus' Tonfall gefiel ihm gar nicht.
»Na ja«, druckste der Erste Detektiv herum. »Es ist schwierig, es adäquat zu beschreiben. Ohne dass es Missverständnisse gibt, wenn ihr versteht, was ich meine.«
Bob verdrehte die Augen. »Sag's einfach, Just!«
»Nun ja ... da ragte etwas aus dem Wasser. Und es sah aus wie ein Kopf. Ein ... äh ... nichtmenschlicher Kopf.«

Ein abgetrennter nichtmenschlicher Kopf

»Wie bitte?«, rief Peter. »Was soll das heißen – nichtmenschlich? Nessie, oder was?«
Justus schüttelte den Kopf. »Ich musste erst das Fernglas scharf stellen, und dann hatte ich das Objekt kurz aus dem Fokus verloren. Kurz darauf wurde es auch schon wieder dunkel. Mit anderen Worten: Ich hatte nur ein oder zwei Sekunden, in denen ich es deutlich gesehen habe. Ich kann mich also täuschen. Aber der Kopf, oder was immer es war, sah nicht gerade lebendig aus. Eher wie etwas, das leblos auf dem Wasser treibt.«
»Moment mal, verstehe ich das richtig?«, fragte Peter. »Sprechen wir hier von einem *abgetrennten* nichtmenschlichen Kopf?«
Justus seufzte. »Genau das hatte ich befürchtet: Missverständnisse. Peter, ich weiß nicht, wovon wir sprechen. Ich habe dir nur gesagt, wie es für mich aussah.«
Plötzlich brach Darren in schallendes Gelächter aus.
Die drei Detektive sahen ihn verdutzt an.
»Was ist denn jetzt los?«, fragte Peter verständnislos.
Doch Darren kriegte sich kaum wieder ein. »Ich weiß, was du gesehen hast!«, brachte Darren schließlich japsend hervor. »Und es war bestimmt kein Kopf!«
»Nein?«
Peter seufzte erleichtert. »Was immer es war: Es kann nur besser sein als ein abgetrennter nichtmenschlicher Kopf. Sag schon, Darren, was war es?«
Anstatt zu antworten, kramte Darren noch einmal den Scheinwerfer aus dem Boot, richtete ihn auf die Mitte des Sees und schaltete ihn ein. Ein greller Lichtfinger tastete über die widerspiegelnde Wasseroberfläche. »Seht es euch an!«

Justus zog sein Fernglas hervor. Es dauerte eine Weile, bis er das Objekt entdeckte. Doch diesmal erkannte er, was es war. Schweigend reichte er das Fernglas an Bob weiter. Der gab es an Peter.
»Ein Wetterhahn?«, fragte Peter erstaunt und ließ das Fernglas sinken. »Wieso ragt da ein Wetterhahn aus dem Wasser? Die Dinger sind doch normalerweise auf Kirchturmspitzen befestigt und nirgendwo sonst!«
»Ist er ja auch«, antworte Darren, schaltete den Scheinwerfer aus und verstaute ihn wieder im Boot. »Auf der Kirchturmspitze von Sacred Heart, der Kirche von Ridgelake.«
»Der Kirche von Ridgelake? Jetzt verstehe ich gar nichts mehr. Die steht doch drüben im Dorf!«
»Nein, ich meine vom *alten* Ridgelake.«
Justus war der Erste, dem es dämmerte. »Moment mal – willst du damit sagen, dass da drüben im Wasser eine Kirche steht?«
Darren lachte. »Ganz genau.«
»Hä?« Peter schüttelte verwirrt den Kopf. »Seid ihr jetzt völlig behämmert? Wieso steht da eine Kirche? Wer baut denn eine Kirche in einen See? Habt ihr sie noch alle?«
Jetzt verstand auch Bob, worauf die anderen hinauswollten. »Aber natürlich! Dieser See ist kein natürlicher See, sondern ein Stausee! Früher einmal war hier bloß ein Fluss. Dann wurde eine Staumauer gebaut und der Fluss zu einem See aufgestaut. Na klar, deshalb war der See auch nicht auf unserer alten Straßenkarte eingezeichnet! Als die Karte gedruckt wurde, gab es den See noch gar nicht. Habe ich recht, Darren?«
Darren nickte.
Alle blickten hinaus auf den See. Peter versuchte, ihn sich wegzudenken und sich vorzustellen, wie das Tal ohne ihn aussähe. »Wollt ihr damit sagen, dass in diesem Tal, durch das früher nur ein Fluss verlief, ein Dorf lag?«

»Es liegt immer noch dort«, sagte Darren. »Es wurde vom Stausee geflutet und befindet sich jetzt unter Wasser. Nur der Wetterhahn auf der Kirchturmspitze ragt noch heraus.«
»Faszinierend«, murmelte Justus, den Blick noch immer ins Dunkel gerichtet. »Die Staumauer ist dahinten, an der Westseite, oder? Aber es ist zu dunkel, um sie zu sehen. Deshalb haben wir sie auch gestern Abend nicht bemerkt.« Dann wurde Justus plötzlich sehr ernst. »Aber sag mal, Darren, wann hattest du eigentlich vorgehabt, uns von dem Stausee zu erzählen?«
»Erzählen? Na ja, ich dachte ... das ist doch kein Geheimnis. Jeder hier weiß, dass der Ridgelake ein Stausee ist und ...«
»Wir kommen aus Kalifornien, Darren, und zwar extra deinetwegen! Ist dir eigentlich klar, dass die Tatsache, dass wir es hier mit einem Stausee zu tun haben, überaus entscheidend für die Lösung des Falls sein könnte? Sein wird, wahrscheinlich? Was hast du uns sonst noch verschwiegen, Darren?«
»Ich ...«, stammelte Darren eingeschüchtert. »Gar nichts.«
»Bist du sicher? Denk doch noch mal scharf nach.«
Darren sagte gar nichts mehr.
»Ich fasse es einfach nicht! Erst vorhin dieses Geschrei, und dann hältst du uns auch noch wichtige Informationen vor.«
»Er hat's halt vergessen, Just, jetzt mach doch nicht so ein Drama draus«, sagte Bob beschwichtigend. »So schlimm ist es auch wieder nicht, wir sind ja eh noch nicht weit gekommen mit unseren Ermittlungen.«
Justus brummte etwas Unverständliches und stopfte sein Fernglas zurück in den Rucksack.
Peter räusperte sich. »Vielleicht sollten wir langsam mal wieder zurückkehren. Mir wird kalt.«
Schweigend traten sie den Rückweg an. Peter versuchte, die Situation zu entschärfen, indem er noch mal auf den Fall zu sprechen kam. »Sag mal, ich habe das mit dem Stausee immer noch

nicht ganz verstanden: Da wurde wirklich ein ganzes Dorf unter Wasser gesetzt? Sind die denn irre gewesen? Da haben doch Leute gelebt!«
»Staudämme werden zur Energiegewinnung errichtet«, erklärte Justus sachlich. »Der Wasserdruck treibt Turbinen an –«
»Das weiß ich selber«, unterbrach Peter ihn. »Aber das erklärt immer noch nicht, was mit den Leuten passiert ist.«
»Sie wurden umgesiedelt«, fuhr Darren kleinlaut fort. »Ins neue Ridgelake, das komplett neu gebaut wurde. Das ist das Ridgelake, das ihr kennt.«
»Ist ja vollkommen irre!«, fand Peter. »Und wann war das?«
»Vor ungefähr fünfzig Jahren.«
Bob kicherte. »In dieser Zeit haben sich bestimmt schon einige Leute den Kopf über den Wetterhahn zerbrochen. Aber ob wohl schon mal jemand auf einen ... wie war das noch mal? Auf einen abgetrennten nichtmenschlichen Kopf gekommen ist?«
Bobs Kichern steigerte sich zu einem prustenden Lachen. Peter musste mitlachen, nur Darren hielt sich mit einem zaghaften Seitenblick auf den Ersten Detektiv zurück.
Justus bekam einen roten Kopf. »Ich möchte darauf hinweisen, dass das Gehirn in solchen Situationen dazu neigt, die Wissenslücken mithilfe der Phantasie zu einem plausiblen Gesamtbild zu schließen. Mangels der benötigten Hintergrundkenntnisse kann es daher durchaus vorkommen, dass man in einem Stresszustand Bilder entwirft, die vielleicht etwas an der Realität vorbei –« Die weiteren Ausführungen des Ersten Detektivs gingen im grölenden Gelächter der anderen unter.

Am nächsten Morgen begegneten die drei Detektive Mr Duff am Frühstückstisch wieder. Darren hatte sie darum gebeten, seinem Großonkel nichts von ihren nächtlichen Erlebnissen zu erzählen. Er war sich sicher, sein Onkel würde nicht besonders

viel davon halten, dass er sich mitten in der Nacht am Stausee herumtrieb.
Doch Cedric Duff schien ohnehin nur mit halbem Ohr zuzuhören und auf eine Gelegenheit zu warten, der unangenehmen Gesellschaft von vier Jugendlichen so elegant wie möglich zu entkommen.
Das gelang ihm, nachdem er seine Eier mit Speck verschlungen hatte. Er warf einen Blick aus dem Küchenfenster auf die Straße und sagte: »Oh, da kommt der Wagen des Briefträgers. Ich werde ihm die Tür öffnen.« Und schon war er draußen.
»Bist du sicher, dass es okay ist, dass wir hier wohnen, Darren?«, fragte Peter unbehaglich.
»Ja, macht euch keine Gedanken. Mein Großonkel ist kein großer Menschenfreund. Nehmt es nicht persönlich.«
Nach einem ausgedehnten Frühstück beschloss Justus, zunächst mehr über Ridgelake herauszufinden. Seine Wut von letzter Nacht war inzwischen verraucht, und als eine Art Friedensangebot fragte er Darren beim Abräumen des Frühstückstisches um Rat. »Es gibt hier im Rathaus doch bestimmt eine Art Archiv über Ridgelake, oder?«
»Gibt es. Im Erdgeschoss bei den ganzen Akten, die zum Rathaus gehören.«
»Wir müssen mehr über das Dorf und den See erfahren«, meinte Justus. »Und vor allem sollten wir versuchen herauszufinden, wer Cassandra und Joseph sind. Mit etwas Glück ist im Archiv etwas über sie verzeichnet.«
»Ich muss meinen Großonkel fragen, ob wir uns da umsehen dürfen. Wenn ich ihm allerdings sage, dass ihr Detektive seid, dann wird er vielleicht misstrauisch.«
»Sag ihm einfach, wir arbeiten an einem Schulprojekt über Staudämme«, phantasierte Bob aus dem Stegreif. »Schulprojekte funktionieren immer. Erwachsene sind so begeistert von

der Idee, dass die Jugend sich für die Schule engagiert, dass sie jegliche Skepsis über Bord werfen.«
Darren war ganz angetan von der Lässigkeit, mit der Bob die Ausrede parat hatte. Begeistert folgte er seinem Onkel und kehrte schon kurze Zeit später zurück.
»Alles klar, wir dürfen so viel im Archiv stöbern, wie wir wollen, solange wir danach alles wieder dorthin zurückräumen, woher es kommt.«
»Bob wird stöbern«, entschied Justus. »Das fällt in seinen Aufgabenbereich.«
Der dritte Detektiv stöhnte. »Muss das sein? Immer ich. Was macht ihr denn so lange?«
»Wir werden noch mal an den Ort des Geschehens gehen und sehen, ob wir bei Tageslicht etwas mehr herausfinden können.«
Bob wollte gerade zu neuerlichem Protest ansetzen, als es plötzlich einen Wolkenbruch gab. Dicke Regentropfen prasselten gegen die Scheibe und hüllten innerhalb von Sekunden die Welt in einen grauen Schleier.
»Okay«, sagte Bob. »Abgemacht. Viel Spaß!« Grinsend verließ er die Küche.

Es gibt keinen Charly!

Auf dem Weg zum Stausee schauten die drei noch kurz bei Mr Brooks vorbei, doch dem alten Mann ging es noch nicht besser. Er schlief, und so ließen sie ihm lediglich über Dr. Holloway ihre besten Genesungswünsche ausrichten.
Der Regen war zum Glück nur von kurzer Dauer. Als Justus, Peter und Darren den Stausee erreichten, war die Wasseroberfläche noch vom Regen aufgewühlt, doch schon kurz darauf tröpfelte es nur noch.
Der See sah so aus wie am Abend zuvor, nur mit dem Unterschied, dass sie nun an seinem westlichen Ende die gerade, wolkengraue Staumauer sahen, die wie ein Beil in die Landschaft getrieben worden war. Langsam wanderten sie darauf zu.
Peter hielt so lange Ausschau nach dem Wetterhahn und entdeckte ihn schließlich in der Mitte des Sees. »Da drüben ist dein abgetrennter nichtmenschlicher Kopf, Justus.«
Justus tat so, als hätte er die Bemerkung nicht gehört, und Darren unterdrückte ein Kichern.
Die Staumauer war gewaltig. Erst als sie an der Stelle standen, an der sich der Beton in die Landschaft bohrte, konnten sie die schiere Größe des Bauwerks ermessen. Tief, tief unter ihnen rauschte sprühendes Wasser aus der Mauer in die Landschaft und formte den Fluss, der schon Jahrhunderte vor dem Staudamm da gewesen war. Er blitzte hier und da zwischen den Baumkronen auf und verlor sich in einem dicht bewaldeten Tal, als wäre er nie unterbrochen worden.
Eine Weile blickten sie schweigend in die Landschaft und ließen den monströsen Bau auf sich wirken. Dann entdeckte Peter ein kleines Häuschen, das direkt auf die Mauer gebaut worden war. »Was ist denn das da, Darren?«

»So eine Art Schaltzentrale«, erklärte Darren. »Da steckt die Technik der Staumauer drin. Paul Brooks hat früher hier gearbeitet und das ganze Zeug überwacht.«
»Echt?«, fragte Peter erstaunt. »Hätte ich ihm gar nicht zugetraut. Ich dachte, der weiß noch nicht mal, wie ein Taschenrechner funktioniert.«
»Das weißt du doch auch nicht«, spottete Justus. »Höchstens, wie man ihn bedient.«
»Mr Brooks hat mir mal seinen alten Arbeitsplatz gezeigt. Inzwischen wird das Kraftwerk von einer Großanlage ein paar Meilen östlich von hier zentral gesteuert. Die überwacht auch noch andere Stauseen in Oregon. Alles per Computer. Aber der alte Paul kommt immer noch jeden Tag hierher und schaut nach dem Rechten, auch wenn es da nicht viel zu schauen gibt. Manchmal steht er stundenlang auf der Staumauer. Ich glaube, er vermisst seinen alten Job.«
»Der alte Knacker«, sagte Peter.
»Das ist aber nicht sehr nett, Peter«, fand Darren.
»Nein, ich meine ... Joan und Carl sprachen von einem alten Knacker, der den ganzen Tag hier herumstreunt. Deshalb trauten sie sich nur nachts, im See zu tauchen. Sie müssen Paul Brooks gemeint haben.«
Justus nickte. »Wahrscheinlich hast du recht. Genützt hat es allerdings nicht viel. Mr Brooks hat sie trotzdem gesehen. Und das hätte ihn beinahe das Leben gekostet.«
Plötzlich trat hinter dem Kontrollhaus ein dicker Mann hervor. Er hatte einen braunen, geifernden Riesenköter im Schlepptau, der sofort zu kläffen anfing und sich offensichtlich auf Justus, Peter und Darren stürzen wollte. Er wurde nur von der straff gespannten Leine davon abgehalten.
Joe Wilcox ließ sich grinsend von seinem Hund zu den drei Jungen ziehen und stoppte erst, als das Tier schon auf seinen

Hinterbeinen stand und sein schnappendes Maul nur noch wenige Zentimeter von Justus' Oberschenkel entfernt war. Eine Windböe hatte Wilcox' sorgsam über die Glatze gekämmten gelblichen Haare zerzaust, sodass sie jetzt strähnig an seinem Ohr herabhingen, ohne dass er es merkte.
»Da haben wir ja wieder unsere jugendlichen Badegäste. So, nun erzählt mal, Jungs: Was genau ist hier eigentlich gestern Nacht passiert? Und wer seid ihr überhaupt, und was habt ihr hier zu suchen?«
Drei harmlose Fragen, dachte Justus, doch er hatte nicht die geringste Lust, sie diesem Menschen zu beantworten.
»Das hat unser Freund Bob Ihnen vorgestern schon erklärt«, erwiderte Justus mühsam beherrscht.
»Dass ihr rein zufällig gestern Abend hier am Stausee wart und beobachtet habt, wie der alte Paul ins Wasser gegangen ist? Und die Geschichte soll ich euch glauben? Pah!« Wie zufällig ließ Wilcox die Leine etwas lockerer, sodass es Zero gelang, seine dreckigen Vorderpfoten an Justus' Jeans abzuwischen.
»Es ist mir, ehrlich gesagt, egal, was Sie glauben.«
»Nun werd mal nicht frech, Junge, ja!«, donnerte Wilcox. »Sonst setzt es gleich was! Wenn ich zu meiner Zeit so mit einem Erwachsenen geredet hätte ...«
»Ersparen Sie mir das bitte, Mr Wilcox«, sagte Justus so ruhig wie möglich. »Sie glauben gar nicht, wie oft ich mir diese Altherrenrede schon anhören musste. Sie ist jedes Mal der gleiche jämmerliche Versuch, die eigenen Unsicherheiten und Unzulänglichkeiten zu kaschieren.«
»... dann hätte es was gesetzt!«, wiederholte Wilcox, der offensichtlich nicht mal die Hälfte von Justus' Erwiderung verstanden hatte, hilflos. »Wenn ich rauskriege, was ihr mit dem armen Paul angestellt habt, dann könnt ihr was erleben!«
»Wir haben ihm das Leben gerettet!«, sagte Peter wütend.

»Leben gerettet! Ich war bei ihm! Er liegt im Koma!«, behauptete Wilcox.
»Sie übertreiben maßlos«, sagte Justus. »Wir haben ihn gestern und heute ebenfalls besucht. Er schläft viel, aber er liegt nicht im Koma.«
»Ihr habt ihn besucht?« Wilcox' Wut wurde von Wachsamkeit verdrängt. Jetzt erst schien der Wirt zu bemerken, dass sein Hund an der Leine zerrte wie verrückt. »Zero!«, zischte er und gab der Leine einen Ruck. Sofort gehorchte der Hund und setzte sich folgsam neben sein Herrchen. »War er bei Bewusstsein?«
»Kurz«, antwortete Darren. »Er hat komisches Zeug geredet.«
»Was für Zeug?«
Justus warf Darren einen warnenden Blick zu, doch da war es schon zu spät. »Irgendwas von Seelenlichtern. Und er glaubt, Peter wäre ein gewisser Charly. Wen er wohl meinte?«
Joe Wilcox musterte Peter eingehend, so als versuchte er, Mr Brooks' Verwechslung nachzuvollziehen. Dann kehrte seine Feindseligkeit so schnell zurück, wie sie verschwunden war. »Charly, Charly, Charly!«, fluchte er. »Es gibt keinen Charly, verstanden? Und mit deinem Großonkel werde ich mal ein ernstes Wörtchen reden, Darren! Dass du diese Burschen hier anschleppst, die in Ridgelake nichts zu suchen haben! Wenn du mein Großneffe wärst, würde ich dir die Hammelbeine lang ziehen! Und jetzt macht, dass ihr verschwindet! Ich will euch hier draußen nicht mehr sehen!«
Justus, Peter und Darren wandten sich zum Gehen. Justus sagte noch: »Ich würde Ihnen ja eine Anti-Aggressionstherapie empfehlen, Mr Wilcox, wenn ich nicht genau wüsste, dass diese Art von psychologischer Behandlung in Ihrem Alter nur noch selten von Erfolg gekrönt ist. Ganz abgesehen davon setzt sie eine gewisse Einsicht des Patienten voraus, und die kann ich bei Ihnen nicht mal im Ansatz erkennen.«

»Verschwindet!«, brüllte Wilcox, und Zero fing wieder an zu bellen. So ruhig wie möglich schlenderten sie zurück.
»Warum hast du ihm denn das noch an den Kopf geworfen?«, raunte Darren, als sie außer Hörweite waren.
»Aus keinem besonderen Grund, außer dem, dass Just immer das letzte Wort haben muss«, antwortete Peter.
»Der hat mich doch sowieso nicht verstanden«, meinte Justus. »Aber sein Ausbruch war schon interessant, nicht wahr? Von wegen ›Es gibt keinen Charly‹. Entweder Wilcox ist einfach nur ein misanthropischer Widerling –«
»Ich weiß zwar nicht, was misanthropisch heißt, bin aber mit dem Widerling ganz deiner Meinung«, sagte Peter schnell.
»– oder er weiß eine ganze Menge mehr über Charly, als er zugeben will. Ich hätte ja gern noch den Namen Cassandra fallen lassen, um zu sehen, wie er darauf reagiert. Aber irgendwie ergab es sich nicht.« Justus grinste boshaft. »Beim nächsten Mal.«

Das schrumpfende Dorf

»Da seid ihr ja endlich!«, rief Bob, als Peter, Justus und Darren zwei Stunden später zurückkamen und den Aktenraum betraten, in dem der dritte Detektiv den Vormittag verbracht hatte. »Wo wart ihr denn so lange?«
»Wir haben einmal den ganzen See umrundet«, erklärte Justus, der ganz erschöpft war. »Wir dachten, vielleicht entdecken wir irgendwas Aufschlussreiches. Aber nichts. Das Boot liegt noch immer in seinem Versteck. Der Regen hat sämtliche Spuren weggespült, wenn es überhaupt welche gegeben hat. Wir wissen also nicht, wohin Joan und Carl letzte Nacht gegangen sind.« Der Erste Detektiv ließ sich erschöpft an der Wand hinabgleiten, bis er auf dem Hartholzfußboden saß. »Was für ein Gewaltmarsch!«
Peter und Darren sahen kein bisschen erschöpft aus. »Ich fand, es war ein erfrischender Spaziergang«, sagte der Zweite Detektiv vergnügt. »Außerdem hatten wir noch eine interessante Begegnung.« Er berichtete Bob von Mr Wilcox. »Und du? Das sieht hier ja mächtig nach Arbeit aus.«
Bob saß an einem riesigen Mahagonischreibtisch mit grüner Filzmatte und hatte Berge von Akten und Folianten um sich herum aufgestapelt. »Ist es auch. Ich habe mich durch das Archiv von Ridgelake gewühlt und mir einen kleinen Überblick verschafft.«
»Wir hören«, meldete sich Justus vom Boden aus, ohne den Kopf zu heben.
»Also, besonders spannend ist die Geschichte des Dorfes nicht. Früher lebten die Bewohner von Ridgelake hauptsächlich von der Viehzucht. Die grünen Hänge des Tals waren ideales Weideland für die Rinder. Doch dann kam der Staat Oregon auf

die Idee, einen Teil seiner Energieversorgung in Zukunft aus Wasserkraftwerken zu beziehen und Staudämme zu bauen. Vier Stück waren geplant, drei wurden letztlich gebaut, alle im Südwesten von Oregon. Das Tal des Clearwater-Rivers erwies sich als ideal für ein Staudammprojekt. Dummerweise lag Ridgelake in diesem Tal. Das Dorf sollte überflutet werden. Aber das wollten die Bewohner natürlich nicht.«

»Und was dann?«, fragte Peter und lugte über Bobs Schulter, um einen Blick auf seine Aufzeichnungen zu erhaschen.

»Dann begann das große Pokern. Man bot den Bewohnern von Ridgelake Geld dafür, dass sie ihr Dorf aufgaben und an anderer Stelle neu errichteten oder ganz wegzogen. Aber die Ridgelaker waren eine sehr starke Dorfgemeinschaft.«

»Das heißt, sie wehrten sich gegen das Stauseeprojekt?«

»Wehren kann man das nicht gerade nennen. Nein, sie beschlossen auf der allerersten von vielen Bürgerversammlungen, die zum Thema Staudamm einberufen wurden, dass sie nur eine einstimmige Entscheidung gelten lassen würden. Keiner sollte gegen seinen Willen umgesiedelt werden. Erst wenn alle Bewohner dem Staudammprojekt zugestimmt hatten, wollten sie dem Bauvorhaben und der Umsiedelung grünes Licht geben.«

»Und das hat funktioniert?«, fragte Justus.

»Nachdem genug Geld geflossen war, ja.«

»Wie viel Geld?«

»Das steht hier nirgends. Aber es war offenbar genug, dass am Ende alle Einwohner das Angebot annahmen. Man darf nicht vergessen, dass die allermeisten einfache Bauern waren. Die Aussicht auf ein neues Haus ließ sie ihre Zweifel sofort vergessen. Schließlich wurde also der Staudamm gebaut, und mit ihm auch das neue Ridgelake. Die Bewohner zogen in das neue Dorf, und das alte wurde geflutet. Viele Ridgelaker verließen

ihre Heimat allerdings auch ganz. Mit dem Geld, das sie als Abfindung bekommen hatten, sahen sie ihre Chance für einen Neuanfang gekommen und zogen in eine größere Stadt oder einen ganz anderen Bundesstaat. Von den dreihundertzwölf Bewohnern des alten Ridgelake siedelten letztlich nur zweihunderteinundzwanzig ins neue Ridgelake um. Und das war im Prinzip der Anfang vom Ende.«
»Wieso das denn?«
»Weil danach nie wieder zweihunderteinundzwanzig Menschen in Ridgelake lebten. Es wurden stetig weniger. Ich habe mir die Einwohnerverzeichnisse angesehen, die einmal im Jahr angefertigt werden. Es ist genauso, wie deine Mutter gesagt hat, Darren: Ridgelake stirbt aus. Als würde ein Fluch auf dem Dorf liegen. In den letzten fünfzig Jahren wurden kaum Kinder geboren, und wenn, dann zogen die jungen Familien häufig weg. Übrig blieben die Alten, und die sterben nun nach und nach. Derzeit hat Ridgelake gerade noch siebenundachtzig Einwohner, die meisten davon älter als sechzig, keiner jünger als vierzig.«
»Unheimlich«, fand Peter. »Ein Dorf voller Greise.«
»Und es ist keine Trendwende abzusehen. In fünfzehn Jahren werden hier nur noch eine Handvoll Einsiedler leben, und in weiteren fünfzehn Jahren ist Ridgelake eine Geisterstadt.« Bob legte seinen Notizzettel aus der Hand und schob ein paar Akten zusammen. »Eines ist mir bei meinen Nachforschungen noch aufgefallen: Das Archiv des Rathauses ist akribisch sortiert. Es gibt allerdings eine Lücke. Bei den Gemeindebriefen, die monatlich erschienen, fehlten zwei Ausgaben. Und zwar genau die, die kurz vor und kurz nach der Umsiedlung erschienen sind.«
»Vielleicht gab's da gar keine Gemeindebriefe, weil alle mit dem Umzug beschäftigt waren«, vermutete Peter.

»Doch. Die sind durchnummeriert. Und zwei Nummern fehlen. Und nicht nur die. Es gibt noch die Tageszeitung aus Medford, die *Mail Tribune*. Auch die findet sich komplett im Archiv, weil sie die wichtigste Zeitung für diese Region ist. Fast komplett, sollte ich sagen, denn auch hier fehlen ein paar Ausgaben aus genau dem gleichen Zeitraum.«
»Seltsam«, murmelte Justus. »Ob wir deinen Großonkel danach fragen können, Darren?«
»Wir können es zumindest versuchen«, meinte Darren.
»Gut.« Der Erste Detektiv, der sich einigermaßen erholt zu haben schien, rappelte sich vom Boden auf und trat ans Fenster, um auf den menschenleeren Rathausplatz zu blicken. »So viel also zur Geschichte des Dorfes. Was ist mit Cassandra? Ist dir dieser Name bei deinen Nachforschungen begegnet, Bob?«
Bob nickte und kramte einen anderen Zettel hervor. »Ist er. Es gab eine Cassandra in Ridgelake. Geboren 1935, gestorben erst kürzlich, vor drei Monaten. Ihr voller Name war Cassandra Spencer. Viel habe ich nicht über sie herausgefunden. Cassandra war wohl eine recht unscheinbare, gottesfürchtige Frau. Aber sie war sehr musikalisch. Jeden Sonntag hat sie in Sacred Heart, der Kirche von Ridgelake, zum Gottesdienst die Orgel gespielt. Im Gemeindebrief wird sie deshalb ein paarmal lobend erwähnt. Mitte zwanzig heiratete sie und schien von da an eine brave Hausfrau gewesen zu sein. Sie blieb kinderlos. Im letzten Winter starb sie an Krebs. Ende.«
Justus, Peter und Darren sahen einander enttäuscht an. »Ende?«, fragte Justus. »Ist das wirklich schon alles?«
Bob grinste und schüttelte den Kopf. »Nicht ganz. Ich habe hier noch ein Foto von ihr. Es ist im Gemeindebrief erschienen, als das alte Ridgelake noch stand und Cassandra eine sehr junge Frau war.« Der dritte Detektiv zeigte ihnen die vergilbte Ausgabe des vor rund einem halben Jahrhundert erschienenen

Blattes, die trocken und brüchig war wie uraltes Laub. Auf einer Seite war ein kleiner Artikel über Cassandra Spencer und ihre Funktion als Organistin. Die Gemeinde hatte ihr als Dank für ihre Arbeit ein Geschenk gemacht: eine silberne Schatulle, die der Aufbewahrung ihres Gesangbuches dienen sollte. Auf der Seite war auch ein Foto zu sehen: Cassandra mit der Schatulle in der Hand auf dem Kirchplatz von Ridgelake.
»Aber das ist ja das Foto, das wir im Boot der beiden Taucher gefunden haben!«, rief Peter erstaunt.
»Tatsächlich!« Darren war mit einem Mal ganz aufgeregt. »Mann, Wahnsinn, das ist doch bestimmt ein wichtiger Beweis, oder? Aber ... was machen wir damit?«
»Es ist in der Tat ein Beweis«, stimmte Justus zu. »Allerdings nur dafür, dass wir auf der richtigen Spur sind. Es kann kein Zufall sein, dass die Taucher ausgerechnet dieses Bild bei sich hatten. Es scheint tatsächlich um die silberne Schatulle zu gehen. Und die liegt auf dem Grund des Sees.«
»Meinst du, die Taucher sind auf der Suche nach Cassandras Gesangbuch?«, fragte Peter zweifelnd.
»Sie sind auf der Suche nach dem Kästchen, und in dem kann sich alles Mögliche befinden. Aber da wir so wenig über Cassandra Spencer wissen, ist alles weitere Spekulation. Zu dumm, dass du nicht noch ein bisschen mehr über sie herausfinden konntest, Bob. Bis jetzt ist das alles noch ziemlich mager.«
»Ach, jetzt, da du es sagst!«, rief Bob gespielt zerstreut. »Da war ja noch was!«
Neugierig beugten sich Justus, Peter und Darren vor. »Das Beste hat er sich wieder für den Schluss aufgehoben«, sagte Peter. »Raus mit der Sprache!«
Bob grinste zufrieden. »Cassandra hieß nur bis zu ihrem fünfundzwanzigsten Lebensjahr Spencer. Danach hat sie geheiratet und hieß fortan Cassandra Wilcox.«

Schlachtpläne

»Ach!«, rief Peter. »Das gibt's ja nicht! Cassandra war die Frau von –«
»Joe Wilcox, dem Wirt des ›Regenlochs‹, exakt.«
»Stimmt ja!«, rief Darren. »Mein Großonkel hat mal nebenbei erwähnt, dass Wilcox' Frau erst vor Kurzem gestorben sei.«
»Joseph«, sagte Bob. »Eigentlich heißt er Joseph Wilcox. Joe ist nur sein Spitzname.«
»Joseph?«, wiederholte Peter. »Der Joseph, vor dem sich die Taucher in Acht nehmen sollten? Vor dem Cassandra etwas geheim halten wollte?«
»Anzunehmen.«
»Das ist sehr aufschlussreich«, fand Justus und lächelte zufrieden. »Gute Arbeit, Bob! Jetzt haben wir ja doch mehr, als ich zu hoffen gewagt hatte! Fassen wir zusammen: Cassandra Wilcox hat anscheinend etwas Wertvolles besessen. Es befand sich in einem kleinen silbernen Kästchen. Die Taucher sind auf der Suche danach. Und Joe Wilcox soll auf keinen Fall etwas davon mitbekommen, damit er nicht selbst Anspruch auf das Kästchen erhebt, denn immerhin hat es seiner Frau gehört.«
»Ein Schatz!«, rief Darren. »Sie hat einen Schatz versteckt! Und der olle Joe soll ihn nicht finden! Irre!«
»Das führt uns allerdings direkt in ein moralisches Dilemma«, meinte Bob. »Wenn unsere Vermutungen stimmen, dann ist Joe Wilcox vermutlich der rechtmäßige Eigentümer dieses Kästchens. Er war mit Cassandra verheiratet. Nach ihrem Tod dürfte ihm alles zustehen, was sie besessen hat. Wenn wir in diesem Fall weitermachen, dann helfen wir damit automatisch Joe Wilcox.«

»Oh«, machten Peter und Darren gleichzeitig, und die Hochstimmung verflüchtigte sich schlagartig.
»Das können wir uns nun mal nicht aussuchen«, sagte Justus. »Aber eines nach dem anderen. Wir sollten erst mal mehr über dieses Kästchen herausfinden. Am besten, indem wir es bergen.«
Es dauerte ein paar Sekunden, bis jemand reagierte. In dieser kurzen Pause fing es draußen wieder an zu regnen, und dicke Tropfen rannen die schmutzige Fensterscheibe hinab.
»Moment mal«, sagte Peter schließlich. »Bergen? Du meinst im Sinne von ... tauchen?«
»In welchem Sinne sollte ich es sonst meinen, Peter?«
Bob seufzte.
Darren klatschte begeistert in die Hände.
Peter stöhnte. »Wir kennen diesen See überhaupt nicht! Du weißt, wie gefährlich das Tauchen in unbekannten Gewässern sein kann. Außerdem haben wir doch gar keine Ausrüstung!«
»Allzu gefährlich scheint es nicht zu sein, Joan und Carl waren schließlich auch schon da unten. Und was die Ausrüstung angeht: Die können wir besorgen. Die Küste ist nicht so weit entfernt. Dort gibt es sicherlich Tauchcenter, in denen wir uns welche leihen können. Das können wir heute noch schaffen.«
»Heute?«, rief Peter entsetzt.
Darren war begeistert. Er bekam sein breites Grinsen gar nicht mehr aus dem Gesicht. »Wir tauchen nach einem Schatz! Ich wusste, dass es spannend werde würde, wenn ich euch anrufe!«
»Das kann nicht dein Ernst sein, Just!«
»Peter, entspann dich. Wir haben alle einen Tauchschein und ausreichend Erfahrung«, erinnerte Justus den Zweiten Detektiv. »Was soll schon passieren?«
Peter seufzte. »Die berühmten letzten Worte ... Hast du dir schon mal überlegt, dass wir nicht die geringste Ahnung haben,

wo wir suchen sollen? Carl sagte, es würde Wochen dauern, den ganzen See abzutauchen! Wie kommst du darauf, dass wir mehr Glück haben?«

Der Erste Detektiv lächelte nachsichtig. »Mit Glück hat das wieder einmal wenig zu tun, Zweiter, das vergisst du leider viel zu oft. Wenn du etwas Wertvolles verstecken wolltest, wo würdest du das tun?«

Peter zuckte ratlos mit den Schultern. »Ich habe jetzt keine Lust auf Ratespielchen, Just, sag mir einfach, worauf du hinauswillst.«

»Du würdest es bei dir zu Hause verstecken«, fuhr Justus fort.

»Ja. Und?«

»Und Carl und Joan haben wahrscheinlich keine Ahnung, wo Cassandras Zuhause damals war.«

»Wir auch nicht.«

»Noch nicht. Aber wir haben einen entscheidenden Vorteil.«

»Ach, und welchen?«

Justus machte eine Geste, die den ganzen Raum umfasste. »Das hier. Wir sitzen mitten im Rathaus von Ridgelake. Es dürfte nicht schwer sein, herauszufinden, wo genau Cassandra Wilcox damals gewohnt hat.«

»Das ist sogar schon geschehen, Just«, meldete sich Bob wieder zu Wort. »Mir fiel bei meinen Recherchen ein alter, handgezeichneter Stadtplan von Ridgelake in die Hände. Cassandra Wilcox wohnte in einem kleinen Holzgebäude direkt neben dem Pfarrhaus bei der Kirche.«

»Seht ihr, das dürfte unter Wasser ja nicht schwer zu finden sein. Also, hier ist mein Schlachtplan: Wir fahren heute noch zur Küste und besorgen Taucherausrüstungen. Unterwegs lassen wir dich in Medford raus, Bob.«

»Ich soll ins Archiv der *Mail Tribune* geben und die fehlenden Ausgaben nachschlagen?«, vermutete der dritte Detektiv.

»So ist es.«
»Mann!«, staunte Darren. »Ihr drei seid aber wirklich fix! Dann gehe ich mit Bob und helfe ihm beim Suchen, okay?«
»Das ist ...«, begann Justus wohlwollend, doch dann fing er Bobs flehenden Blick auf. Fast unmerklich schüttelte der dritte Detektiv den Kopf. »... keine gute Idee«, beendete Justus den Satz.
Darren versuchte gar nicht erst, seine Enttäuschung zu verbergen.
Justus bekam sofort Mitleid. »Für dich habe ich eine andere Aufgabe.«
»Ja? Was denn?«
»Du kannst hier im Dorf versuchen, mehr über Cassandra herauszufinden. Was für ein Mensch sie war, was für ein Leben sie geführt hat und so weiter. Je mehr wir wissen, desto besser. Vielleicht können wir dann Rückschlüsse auf den Inhalt der silbernen Schatulle schließen. Dich kennen die Leute hier im Dorf ein bisschen, bei dir wird es weniger auffallen, wenn du herumfragst.«
»Pah!«, machte Darren. »Hast du 'ne Ahnung! Ich bin jünger als sechzig und damit für alle Dorfbewohner äußerst verdächtig.«
»Dann frag deinen Onkel«, schlug Justus vor. »Dir wird schon etwas einfallen!«
»Genau!«, stimmte Bob zu und blickte auf die Uhr. »Und wir sollten jetzt wirklich los, sonst schaffen wir das alles gar nicht, Leute!«

Fünf Minuten später verließen Justus, Peter und Bob unter Darrens mitleiderregenden Blicken das Haus und stiegen in den MG. Als ihr Auftraggeber endlich im Rückspiegel verschwunden war, seufzte Bob erleichtert auf. »Oh, Mann! Darren ist ja wirklich nett und hilfsbereit und alles, aber –«

»Aber er kann einem auch wahnsinnig auf die Nerven gehen«, sagte Peter zustimmend. »Der ist ja noch schlimmer als ich mit seiner Überdrehtheit!«
»Und wer hätte gedacht, dass das überhaupt möglich ist«, schmunzelte Justus. Da entdeckte er plötzlich Dr. Holloway auf der Straße. Sie trug gerade einen schweren Weidenkorb voller Einkäufe aus Daniels kleinem Laden. »Halt mal an, Peter!« Der Zweite Detektiv stoppte den Wagen, und Bob kurbelte die Seitenscheibe herunter. »Guten Morgen, Dr. Holloway! Die Tasche sieht schwer aus, dürfen wir Sie ein Stück mitnehmen?«
»Das ist nett von euch, Jungs!«, sagte Dr. Holloway erleichtert und kam auf sie zu. Bob stieg schnell aus und kletterte zu Justus nach hinten auf die Rückbank, damit Dr. Holloway vorne Platz nehmen konnte. »Ich wohne oben am Ende der Straße«, sagte sie und wies nach links in einen Seitenweg. »Das sind zwar nur zweihundert Meter, aber die sind sehr steil.«
»Ist ja kein Problem«, meinte Peter und fuhr an. »Wie geht es Mr Brooks?«
»Etwas besser. Sein Fieber ist heruntergegangen. Er schläft zwar noch die meiste Zeit, ist aber wesentlich ruhiger als gestern. Deshalb kann ich ihn auch für ein paar Stunden allein lassen und mich wieder um mein eigenes Leben und meinen leeren Kühlschrank kümmern.« Sie wies lächelnd auf ihre Einkäufe.
»Hat er noch etwas gesagt?«, fragte Bob. »Über den See, meine ich?«
Sie schüttelte den Kopf. »Da vorn wohne ich schon. Das gelbe Haus. Na ja ... das ehemals gelbe Haus.«
Peter hielt vor der Tür, und Dr. Holloway wollte schon aussteigen, da sagte Justus: »Kannten Sie eigentlich Cassandra Wilcox?«
Dr. Holloway blieb sitzen. »Natürlich kannte ich Cassandra. Ich kenne jeden hier in Ridgelake. Und ich habe jeden Tag

nach ihr geschaut, als sie so schrecklich krank war. Es ist still geworden hier im Dorf, seit sie nicht mehr bei uns ist. Aber wie kommst du darauf?«

Justus zuckte mit den Schultern. »Wir haben einiges über sie gehört.«

»Tatsächlich? Das kann ich mir kaum vorstellen. Sie war eine ziemlich unscheinbare Person.«

»Sagten Sie nicht, es sei still geworden ohne sie?«, fragte Peter.

»Schon. Aber das liegt daran, dass man sie nicht mehr spielen hört. Jeden Tag hat sie in der Kirche an der Orgel gesessen. Am liebsten spielte sie Bach. Die Orgel war ihr Ein und Alles. Cassandra hat Ridgelake wenigstens für ein paar Stunden am Tag aus seiner Stille befreit. Für sie war es eine Flucht, glaube ich. Wenn sie an der Orgel saß, musste sie nicht zu Hause sein bei ihrem furchtbaren Ehemann. Mit dem hattet ihr ja auch schon das Vergnügen. Er hat sie richtig tyrannisiert.«

»Wissen Sie, warum die beiden damals geheiratet haben?«

Sie lachte bitter. »Das fragt man sich ja bei vielen Paaren. Nein, keine Ahnung. Vermutlich hatte Cassandra keine Wahl. Ihre Eltern waren früh gestorben, soviel ich weiß. Und es war für eine junge Frau auf dem Land in der damaligen Zeit so gut wie unmöglich, allein zu leben. Also heiratete sie Joe Wilcox. Liebe war es sicherlich nicht. Er hat sie nicht gut behandelt. Obwohl ich auch gehört habe, dass das ganz am Anfang anders gewesen war. Zu Beginn ihrer Ehe muss Joe gar kein so schlechter Kerl gewesen sein, so schwer es mir auch fällt, das zu glauben. Aber dann ist irgendetwas vorgefallen, und danach war nichts mehr so wie vorher.«

»Etwas vorgefallen?«, hakte Justus nach. »Was meinen Sie?«

»Man erzählt sich, dass sie ihn betrogen hat.«

»Sie meinen, Cassandra hatte einen anderen?«

»Nein, nein! Nicht betrogen mit einem anderen Mann. Da

muss etwas anderes gewesen sein. Während der Zeit, in der der Staudamm gebaut wurde. Sie hat ihn hintergangen. Eine Geldgeschichte, munkelt man. Aber ich weiß wirklich nichts Genaues. Jedenfalls hat sie danach Zuflucht in der Kirche und in der Musik gesucht und sich vom Rest der Welt immer weiter entfernt. Aber, warum interessiert euch das eigentlich alles?«
»Wir ...«, begann Justus unwohl, »wir sind da einer Sache auf der Spur.«
»Einer Sache auf der Spur, so, so. Ihr spielt ein bisschen Detektiv, was? Das kann ich gut verstehen. Für Jungs in eurem Alter muss Ridgelake der Inbegriff der Langeweile sein. So, nun muss ich aber los! Ich wünsche euch viel Erfolg bei euren Nachforschungen! Vielleicht könnt ihr das Geheimnis von Ridgelake ja lüften.« Abrupt öffnete Dr. Holloway die Tür und stieg aus. »Und wenn ich euch einen Rat geben darf: Fragt bloß nicht bei Joe Wilcox selbst nach. Der würde euch seinen verrückten Köter auf den Hals hetzen oder gleich seine Schrotflinte herausholen.« Sie war gerade im Begriff, die Tür zuzuschlagen, da hielt Justus sie noch einmal zurück.
»Dr. Holloway! Was meinen Sie damit – das Geheimnis von Ridgelake? Gibt es denn eines?«
Sie zögerte lange, bevor sie antwortete. »Jeder Ort hat seine Geheimnisse. Und Ridgelake hat ein großes, so viel steht fest. Aber ich lebe seit zehn Jahren hier und habe es noch nicht lüften können. Um das Geheimnis dieses Ortes wirklich zu verstehen, muss man sein Leben hier verbracht haben, glaube ich. Es liegt sehr, sehr tief verborgen.« Dr. Holloway lächelte ihnen traurig zu. »Danke fürs Mitnehmen.« Sie schloss die Tür und verschwand ins Haus.

Im Besenschrank

Als Peter und Justus am Nachmittag Medford erreichten, wartete Bob schon vor dem Gebäude der *Mail Tribune* auf sie. Sobald er ins Auto stieg, wurde er schon von Peter mit Neuigkeiten überschwemmt.
»Mann, das war ein Tag! Bob, ich sage dir: Oregon ist nicht Kalifornien! Wer hätte gedacht, dass es so schwierig ist, eine Taucherausrüstung zu leihen. Aber bis wir erst mal einen Tauchladen gefunden hatten! In Kalifornien ist alles vollgepflastert mit Surfshops und Taucherbedarf und so weiter. Aber in Oregon? Nichts, die totale Wüste.«
»Oregon ist ja auch nicht gerade ein Taucherparadies«, meinte Bob.
»Jedenfalls hat das alles ewig gedauert.«
»Und wie viele Ausrüstungen haben wir jetzt?«
»Zwei«, antwortete Justus.
»Nur zwei?«
»Ich werde oben bleiben und die Aktion überwachen.«
Bob und Peter warfen sich einen vielsagenden Blick zu.
»Wie kann es eigentlich sein, dass du selbst dann noch wie der Chef klingst, wenn du eigentlich gar nichts machst?«, fragte Bob spöttisch.
»Was hast du denn herausgefunden?«, wich Justus der Frage aus.
»Vor allem eines: Dass Ridgelake wirklich völlig unbedeutend ist. Es taucht so gut wie nie in den Zeitungen auf. Aber in den Ausgaben, die im Rathaus gefehlt haben, gab es dann doch mal eine Meldung.«
»Nämlich welche?«, wollte Peter wissen.
»Es hat ein Feuer gegeben. Wenige Wochen vor dem Bau des

Staudamms ist ein Wohnhaus komplett niedergebrannt. Ein Mensch kam dabei ums Leben, ein Familienvater. Die Brandursache konnte nie ganz geklärt werden. Wahrscheinlich eine umgestürzte Öllampe im benachbarten Pferdestall.«
»Ist das alles?«, fragte Justus, als Bob nicht weitersprach.
Der dritte Detektiv nickte. »Leider ja. Es waren nur zwei kurze Meldungen. Und ein Foto von dem ausgebrannten Haus. Das habe ich kopiert, aber darauf ist nichts Besonderes zu sehen.«
Bevor Justus einen Blick auf das Bild werfen konnte, klingelte sein Handy. Er ging dran.
»Justus Jonas von den drei Detektiven?«
Die Stimme am anderen Ende war kaum zu verstehen, da im Hintergrund die ganze Zeit aus voller Kehle ein Hund bellte. Es dauerte eine Weile, bis Justus Darren erkannte.
»Darren? Bist du es? Was ist denn bei dir los? Wo steckst du?«
»Justus! Ihr müsst mir helfen! Ich stecke in Schwierigkeiten!«
Justus ahnte Böses. »Was für Schwierigkeiten?«
»Ich hocke gerade im Besenschrank von Joe Wilcox. Und davor sitzt sein wahnsinniger Köter und beißt sich wahrscheinlich gleich durch die Tür.«
»Wie bitte?«, rief Justus. »Was zur Hölle machst du in Wilcox' Besenschrank?«
»Ich sollte doch Nachforschungen anstellen!«
»In seinem *Besenschrank*?«
»Nein, in seinem Haus. Aber ich habe den Köter übersehen. Der schlief in Wilcox' Schlafzimmer. Als ich die Tür öffnete, merkte er, dass ich nicht sein Herrchen war, und ging auf mich los. Ich konnte mich nur noch in den Besenschrank flüchten.«
»Du bist einfach so in Wilcox' Haus eingestiegen?«, rief Justus fassungslos.
»Das macht man doch so als Detektiv!«, verteidigte sich Dar-

ren. »Du hast mir selbst erzählt, wie oft ihr schon in die Häuser von verdächtigen Leuten eingestiegen seid!«
»Aber …«, begann Justus und wusste nicht mehr, was er sagen sollte. »Aber das ist doch etwas vollkommen anderes!« Obwohl es natürlich gar nichts anderes war.
»Ist doch jetzt auch egal! Ihr müsst mir helfen! Wilcox ist nicht da, aber er könnte jede Sekunde wiederkommen!«
Justus stöhnte. Dann sagte er: »Darren, wir sind unterwegs. Bleib, wo du bist!«
»Guter Witz.«
Justus legte auf und wandte sich an den Zweiten Detektiv: »Peter, gib Gas!«
Peter gab Gas und fuhr so schnell, wie die holprige Straße es erlaubte. Was leider nicht sehr schnell war.
Justus rief alle fünf Minuten bei Darren an. Beim dritten Mal sagte Darren jedoch: »Justus, mach das nicht mehr! Sobald das Handy klingelt, rastet der Hund vollkommen aus!«
»Pass auf, Peter, da vorne ist ein Wagen!«, sagte Bob, als er einen klapprigen alten Jeep auf der Straße bemerkte.
»Versuch bloß nicht, den zu überholen«, riet Justus. »Die Straße ist zu eng. Das klappt nicht.«
Peter fuhr so nahe auf wie möglich, musste dann jedoch zugeben, dass Bob recht hatte. Mit nervenaufreibender Langsamkeit holperte der Jeep vor ihnen her und schleuderte dreckiges Regenwasser gegen die Scheibe des MG.
»Oh, nein!«, sagte Bob plötzlich.
»Was ist?«
»Wilcox.«
»Was ist mit Wilcox?«
»Er sitzt in diesem Jeep.«
»Wie bitte?« Peter starrte durch die schmutzige Windschutzscheibe. Nun erkannte auch er den Stiernacken und das fle-

ckige Holzfällerhemd des Wirts. »Verdammt! Was machen wir denn jetzt? Wenn wir ihn nicht überholen, dann ist Darren verloren!«
»Dann überhol ihn!«, drängte Justus.
»Hast du nicht gerade noch gesagt, die Straße sei zu eng?«
»Seit wann kümmert es dich, was ich sage?«
Peter kniff die Augen zusammen und wartete auf den richtigen Moment.
»Nun mach schon, Peter!«, drängte Bob. »Es sind nur noch ein paar Meilen bis Ridgelake!«
»Willst du das übernehmen?«, herrschte Peter ihn an.
Bob schwieg.
Dann war der richtige Moment da. Ohne jede Vorwarnung gab der Zweite Detektiv Gas, der Wagen machte einen Satz und raste an dem Jeep vorbei. Die Reifen wühlten sich tief durch nasses Gras, und Schlamm spritzte nach allen Seiten. Peter riss das Lenkrad hart nach rechts, und der MG sprang wie ein Raubtier zurück auf den Weg. Der Jeep war hinter ihnen.
Wilcox hupte wie wild und ließ das Fernlicht blinken, aber Peter gab einfach Gas und ließ den Jeep schnell hinter sich zurück. »Das wäre geschafft«, seufzte er.
»Er wird uns einholen, sobald wir in Ridgelake sind«, prophezeite Bob. »Und dann wird er vollkommen ausrasten!«
»Darum kümmern wir uns, wenn es so weit ist«, meinte Justus. »Erst mal müssen wir Darren aus seiner misslichen Lage befreien!«
Sie erreichten den Wegweiser, der sie das erste Mal in die Irre geführt hatte. Wenig später tauchte Ridgelake vor ihnen auf. Peter fuhr ins Dorf hinein und hielt vor dem ›Regenloch‹. »Ist das überhaupt das richtige Haus?«, fragte er. »Wohnt Wilcox hier auch privat?«
Justus zückte sein Handy und wählte Darrens Nummer. We-

nige Sekunden später dröhnte ein Angst einflößendes Gebell aus der Wohnung, die über dem ›Regenloch‹ lag. »Ja«, sagte Justus und legte auf, bevor Darren abnehmen konnte. »Und jetzt nichts wie los! Uns bleiben höchstens zwei Minuten, bevor Wilcox hier ist. Irgendwie müssen wir den Hund ablenken!«
Bob war schon aus dem Wagen. Er rannte auf die Haustür zu. Ihm fiel erst mal nichts Besseres ein, als zu klingeln. Sofort flippte Zero oben in der Wohnung ein weiteres Mal aus.
Justus' Handy klingelte. Er ging ran.
»Was macht ihr denn da?«, schrie Darren in Panik.
»Wir versuchen, den Hund abzulenken.«
»Ihr lenkt ihn nicht ab, ihr macht ihn völlig wahnsinnig! Wenn ich jetzt aus dem Schrank komme, zerfleischt er mich!«
»Darren, wie bist du überhaupt ins Haus gekommen?«
»Ich habe im Erdgeschoss ein Fenster nach oben geschoben. Auf der Rückseite des Hauses.«
»Okay, wir retten dich jetzt«, beschloss Justus. »Irgendwie.« Er legte auf. »Peter, du musst hinten durchs Fenster steigen.«
»Was? Bist du bescheuert? Wieso ich?«
»Weil du der Schnellste bist! Und jetzt beweg dich, wir haben keine Sekunde zu verlieren!«
Peter sprang aus dem Wagen, umrundete das Haus und fand sofort das offene Fenster. Dahinter lag ein schmales Treppenhaus, das von der Kneipe im Erdgeschoss in die Wohnung nach oben führte. Der Zweite Detektiv ignorierte seinen rasenden Herzschlag und kletterte hinein.
Es dauerte nur eine Sekunde, bis Zero bemerkt hatte, dass es einen zweiten Eindringling gab. Einen, den er vielleicht schneller zerfetzen konnte. Peter hörte ihn durch die Wohnung rennen, da sprang das geifernde Tier auch schon durch die offene Wohnungstür und raste die Treppe hinunter, direkt auf ihn zu. Peter versuchte, zurück auf die Straße zu springen, aber er blieb

mit dem Fuß hängen und stürzte auf die Straße. Der Hund setzte zum Sprung an und schoss durch das offene Fenster. In letzter Sekunde rappelte sich Peter auf und rannte zurück zum Wagen, der Hund war nur wenige Meter hinter ihm.
Der Zweite Detektiv riss die Tür auf und wollte ins Auto springen, da schnappte das Tier zu. Peter schrie auf. Vor Schreck, wie er erleichtert bemerkte, denn das Vieh hatte nur sein Hosenbein erwischt. Peter riss sich los. Die Hose machte ein hässliches Geräusch. Dann war er frei. Er sprang in den Wagen und warf die Tür zu. Keine Sekunde zu früh. Der Hund sprang den Wagen an wie ein Beutetier und presste seine dreckigen Pfoten gegen das Seitenfenster. Dabei bellte er und zeigte seine großen, gelben Zähne, von denen der Geifer tropfte.
»Das war ein Superplan, Justus!«, schrie Peter den Ersten Detektiv an, der sich die ganze Zeit nicht vom Fleck gerührt hatte. »Und was jetzt?«
Justus betrachtete den Hund, der inzwischen so in Rage war, dass sich seine Augäpfel nach hinten gedreht hatten. Das furchterregende Tier versuchte nun, die Tür aufzubeißen. Dann bemerkte Justus voller Entsetzen, dass Bob noch immer im Eingang von Wilcox' Haus stand. Sobald er sich rührte, würde der Hund ihn bemerken und sich auf ihn stürzen!
Bob gestikulierte wild, aber Justus hatte keine Idee, was er tun sollte. Bob beschloss, ins Auto zu flüchten. Der Hund war auf der Fahrerseite. Wenn Bob es bis zur Beifahrertür schaffte, bevor Zero ihn bemerkte ...
Er sprintete los. Der Hund ließ augenblicklich von der Tür ab und raste auf ihn zu.
Bob erstarrte. Er war verloren.
Mit gefletschten Zähnen und wahnsinnigem Gebell stürzte der Hund sich auf den dritten Detektiv.

Ein ernstes Wort

»Zero!«, brüllte plötzlich jemand quer über die Straße. »Aus! Hierher, Zero! Sofort hierher!«
Der Hund blieb direkt vor Bob stehen, knurrte und sabberte und kämpfte mit seinem Trieb, Bob fressen zu wollen, obwohl sein Herrchen ihm das Gegenteil befohlen hatte. Schließlich drehte er frustriert um.
Joe Wilcox stand hinter Peters Wagen und starrte Bob wutentbrannt an, während sein Hund gehorsam zu ihm trottete.
»Was fällt dir ein!«, herrschte er Bob an. »Du hast meinen Hund freigelassen!«
»Ich habe überhaupt nichts getan!«, verteidigte sich Bob. »Ihr Hund hat mich angefallen, das haben Sie doch gesehen!«
»Und wieso ist er hier draußen auf der Straße?«
»Das weiß ich doch nicht!«
Nun kletterte auch Justus aus dem Auto. Sofort fing Zero wieder an zu kläffen, aber ein kurzer Befehl seines Herrchens brachte ihn zum Schweigen. »Mr Wilcox, wir sind gerade erst angekommen. Wie hätten wir Ihren Hund freilassen sollen?«
Wilcox trat drohend näher. Sein Gesicht war hochrot, und auf seiner Stirn pulsierte eine dicke Ader. »Ihr verdammten Bengel! Euch werd' ich Beine machen! Erst drängt ihr mich fast von der Straße ab, und dann macht ihr Zero verrückt!«
»Ich wiederhole mich nur ungern«, sagte Justus so ruhig wie möglich, »aber da wir Sie erst vor wenigen Minuten überholt haben, wissen Sie ja sehr genau, dass wir erst seit ein paar Sekunden hier sind. Ihrer Theorie folgend hätten wir sofort aus dem Wagen steigen, in Ihr Haus einbrechen und Zero freilassen müssen, all das in dem Wissen, dass Sie jede Sekunde hier ankommen. Glauben Sie das wirklich?«

Wilcox war zu erregt, um etwas zu sagen.
»Na also«, fuhr Justus fort. »Ihr Hund war bereits auf der Straße. Er attackierte uns, als wir aus dem Auto stiegen.«
»Schwachsinn!«, donnerte Wilcox. »Ich lasse Zero nicht draußen herumlaufen! Ihr habt ihn freigelassen!«
»Sie wissen, dass das nicht sein kann, Mr Wilcox«, behauptete Justus. »Das nächste Mal sollten Sie dieses gemeingefährliche Tier besser anketten, bevor noch jemand verletzt wird.«
»Ihr verdammten Bengel!«, schrie Wilcox. »Verzieht euch aus Ridgelake! Ihr habt hier nichts zu suchen, verstanden! Haut ab!«
»Kommt, Kollegen«, sagte Justus. »Mich beschleicht das Gefühl, dass dieses Gespräch keine konstruktive Wende mehr nehmen wird.« Er kletterte wieder in den Wagen, Bob folgte ihm.
»Konstruktive Wende?«, zischte Peter, der es vorgezogen hatte, gar nicht erst auszusteigen. »Gott, Justus, was redest du da für einen Blödsinn!«
»Irgendwas musste ich doch sagen«, zischte Justus zurück.
»Außerdem hast du ihm eiskalt ins Gesicht gelogen!«
»Hätte ich ihm etwa die Wahrheit sagen sollen?«
»Was ist mit Darren?«
»Wenn er schlau war, ist er durch das Treppenhausfenster abgehauen und hat sich davongemacht. Und jetzt weg hier! Sonst kommt Wilcox wirklich noch auf die Idee, sein Schrotgewehr rauszuholen oder so was.«
Peter startete den Motor und fuhr davon, den Blick in den Rückspiegel gerichtet.
Wilcox brüllte noch immer hinter ihnen her. Peter beobachtete ihn so lange, bis er die rote Ader auf Wilcox' Stirn nicht mehr sehen konnte.

Justus' Hoffnung bewahrheitete sich: Während Wilcox und die drei ??? sich angeschrien hatten, war Darren unbemerkt aus dem Fenster geklettert und geflüchtet. Sie trafen sich vor dem Rathaus und beeilten sich, ins Haus zu kommen. Erst als die Tür hinter ihnen ins Schloss gefallen war, atmeten sie auf.

»Bist du von allen guten Geistern verlassen?«, herrschte Justus Darren an, nachdem sie sich zur Beratung ins Gästezimmer zurückgezogen hatten.

»Wieso denn? Ihr habt doch gesagt, ich soll was über Cassandra herausfinden!«

»Du solltest ein paar Leute im Dorf befragen!«

»Wollte ich ja! Aber dann sah ich Wilcox wegfahren und dachte: Das ist die Gelegenheit! Und die Leute im Dorf hätten mir eh nichts erzählt. Was hätte ich denen auch sagen sollen? Außerdem: Wo hätte ich mehr über Cassandra erfahren können als dort, wo sie jahrzehntelang gelebt hat?«

»Wilcox hätte uns um ein Haar erwischt!«

»Das lag doch nur an seinem blutrünstigen Köter. Wenn der nicht gewesen wäre ...«

»Leute!«, ging Bob dazwischen. »Regt euch wieder ab! Darren, du warst sehr leichtsinnig, aber das ist jetzt auch nicht mehr zu ändern. Es ist ja gerade noch mal gut gegangen.«

»Als einziges Opfer ist meine Jeans zu beklagen«, meinte Peter und zeigte auf den Riss in seinem Hosenbein. »Aber die war eh schon fast hinüber.«

Justus schluckte die böse Bemerkung, die ihm auf der Zunge lag, herunter und sagte stattdessen: »Ich hoffe, deine Waghalsigkeit hat sich wenigstens gelohnt, Darren.«

»Und ob!« Darren grinste übers ganze Gesicht. »Ihr werdet staunen!«

»Da bin ich aber mal gespannt.«

»Über Cassandras Leben war nicht viel rauszukriegen. Es gab

kaum persönliche Sachen von ihr in der Wohnung. Alle schon weggeworfen vielleicht, oder sie hatte kaum etwas. Aber dafür habe ich in Wilcox' Büro Unterlagen gefunden.«
»Was für Unterlagen?«, wollte Justus wissen.
»Finanzkram. Das meiste betrifft natürlich das ›Regenloch‹. Joe Wilcox ist erstaunlich ordentlich, wenn es um seine Buchführung geht, traut man ihm gar nicht zu, oder?«
»Ich bin erstaunt, dass du dich damit auskennst«, meinte Peter.
»Mein Vater macht die Buchhaltung für andere Leute«, erklärte Darren. »Bei uns zu Hause fliegt überall so ein Papierkram herum. Jedenfalls habe ich einen Aktenordner von Cassandra gefunden. Da war nicht viel drin. Aber es gab ein paar alte Sparbücher. Sehr alte Sparbücher, genauer gesagt. Noch aus der Zeit vor dem Staudamm. Und siehe da – Cassandra war reich! Als ihre Eltern starben, hat sie fast zweihunderttausend Dollar geerbt. Der Familie hatte nämlich mal ziemlich viel Land gehört.«
»Das war für die damaligen Verhältnisse ein riesiges Vermögen!«, staunte Bob.
»Das ist immer noch ein riesiges Vermögen, wenn du mich fragst«, meinte Peter. »Kein Wunder, dass Joe Wilcox sie heiraten wollte.«
»Ja«, sagte Darren ungeduldig. »Aber dann verschwand das Geld.«
»Was meinst du damit?«
»Kurz vor der Umsiedelung ins neue Ridgelake wurde das gesamte Vermögen an einem einzigen Tag in bar abgehoben, bei einer Bank in Medford. Und zwar von Cassandra, denn es war ihr persönliches Konto.«
»Vielleicht brauchten sie das Geld für das neue Haus.«
Justus schüttelte den Kopf. »Sie hatten damals doch eine große Abfindung für die Umsiedlung kassiert. Hast du irgendwie

herausfinden können, was sie mit dem Geld gemacht hat, Darren? Eine größere Anschaffung vielleicht?«
»Gar nichts. Jedenfalls nichts, was ich in den Unterlagen finden konnte. Das Geld verschwand einfach.«
»Vielleicht war es das, was Dr. Holloway meinte«, fiel es Bob ein. »Sie sagte doch, Cassandra habe Joe betrogen, und es wäre um Geld gegangen. Womöglich hatte Joe Cassandra nur wegen des Geldes geheiratet, und sie hat es dann verjubelt.«
Justus schüttelte den Kopf. »Verjubelt hat sie es bestimmt nicht. Sie hat irgendwas damit getan, was Joe nicht gefallen hat. Danach verlor er jedenfalls jeden Respekt vor ihr und wurde zu dem Tyrann, als den Dr. Holloway ihn beschrieben hat.«
Bob blickte in die Runde. »Denkt ihr, was ich denke?«
»Das silberne Kästchen!«, rief Darren. »Sie hat das Geld in die Schatulle gelegt und versteckt!«
»Das Geld oder etwas, das sie für das Geld gekauft hat«, vermutete Peter. »Edelsteine vielleicht. Es muss ja sehr klein gewesen sein. Und die beiden Taucher wollen es jetzt haben. Deshalb sollen sie sich auch vor Joe in Acht nehmen.«
»Auf dem Grund des Sees liegt also eine Silberschatulle mit Edelsteinen im Wert von zweihunderttausend Dollar!« Darren war begeistert. »Wann tauchen wir?«
»Langsam, langsam!«, sagte Justus beschwichtigend. »Das sind alles nur Mutmaßungen! Es klingt zwar folgerichtig, aber wir vergessen einen wichtigen Punkt: Warum hätte Cassandra ihr Vermögen versenken sollen? Das ergibt keinen Sinn!«
»Hm«, machte Darren. »Damit ihr Mann es nicht ausgibt.«
»Aber es war ihr Konto.«
»Vielleicht wollte er sie zwingen, ihm das Geld zu geben. Da hat sie es lieber verschwinden lassen. Wäre doch möglich.«
»Ja, möglich schon«, sagte Justus. »Wir haben keinerlei Beweise. Nichtsdestotrotz gebe ich dir in einem Punkt recht, Darren.«

»Ja?«, fragte Darren hoffnungsfroh. »In welchem?«
»Dass die nächste Frage, die wir beantworten müssen, nur diese sein kann: Wann tauchen wir?«
Bevor jemand etwas sagen konnte, hörten sie unten die Türklingel. Darren ging raus und lauschte durch das Treppenhaus nach unten. Er hörte, wie sein Großonkel die Tür öffnete.
»Cedric!«, polterte Joe Wilcox, laut genug, dass Darren und die drei ??? jedes Wort verstehen konnten. »Ich muss ein ernstes Wort mit dir reden!«
»Was ist denn los, Joe?«
»Dein Großneffe! Der Junge hat sich mit ganz übler Gesellschaft eingelassen! Weißt du, was diese unverschämten kalifornischen Grünschnäbel, die gerade bei dir zu Besuch sind, getan haben?«
»Komm doch erst mal rein«, bat Mr Duff.
Polternde Schritte hallten durchs Haus, dann wurden die Stimmen der beiden Männer durch eine Tür gedämpft und waren nicht mehr zu verstehen.
»Oh, Mist«, murmelte Darren. »Das gibt Ärger.«
»Meinst du?«, fragte Peter.
»Ganz bestimmt. Mein Großonkel ist kein schlechter Mensch, aber na ja ... wenn Joe sich bei ihm beschwert, kriege ich eine Predigt zu hören, das ist sonnenklar. Womöglich schmeißt er euch sogar raus. Wisst ihr was? Wir hauen erst mal ab!«
Die drei ??? waren sofort einverstanden. In Windeseile packten sie alles zusammen, was sie benötigten, und schlichen dann die Treppe hinunter, vorbei an der Tür des Arbeitszimmers, hinter dem Joe Wilcox sich noch immer lauthals über die Jugend heutzutage ausließ.
Wie Verbrecher schlüpften sie durch die Hintertür hinaus und ergriffen die Flucht.

Darren steigt aus

Sie verbrachten den Rest des Nachmittags in Peters MG. Die Sonne stand bereits tief am Himmel, als die drei ??? und Darren schließlich aus dem Wagen stiegen, die Ausrüstung aus dem Kofferraum holten und auf alle verteilten. Sie waren extra ein Stück aus Ridgelake herausgefahren, um von den Dorfbewohnern nicht mit Neoprenanzügen und Pressluftflaschen im Gepäck gesehen zu werden. Die Wolken hingen so tief am Himmel, dass sie den Blick auf die Berge zu einem breiten Panoramabild zusammendrückten.

»Wer taucht denn ohne Anzug?«, fragte Darren, als sie sich auf den Weg über die Hügel machten. »Du, Peter?«

»Niemand«, erwiderte Peter irritiert. »Das ist ein Bergsee, der ist viel zu kalt ohne Anzug! Ich weiß, wovon ich rede. Ich war schon mal drin.«

»Aber es sind nur zwei Anzüge da.«

»Wir brauchen ja auch nur zwei. Für Bob und mich.«

»Aber ihr habt doch vier Sauerstoffflaschen.«

»Das sind Pressluftflaschen, keine Sauerstoffflaschen«, belehrte Justus ihn. »Zwei für jeden. Schließlich haben wir hier nirgendwo die Möglichkeit, sie wieder auffüllen zu lassen.«

Darren wirkte wie vor den Kopf gestoßen. »Aber ... aber soll das heißen ... dass ich gar nicht mittauche?«

»Äh ... nun ja ...«, sagte Bob unbehaglich, als niemand sich traute zu antworten. »Im Grunde genommen heißt es das, ja.«

»Aber ich *will* mittauchen!«, rief Darren.

»Hast du denn überhaupt einen Tauchschein?«, fragte Justus.

»Tauchschein?«, wiederholte Darren. »Aber hier kontrolliert so was doch niemand.«

»Es geht nicht ums Kontrollieren«, meinte Justus. »Es geht dar-

um, dass man nicht einfach so mit einem Lungenautomaten ins Wasser springen kann, wenn man nicht weiß, was man tut.«
»Das kann ja wohl nicht so schwierig sein!«, protestierte Darren. »Es ist wie schwimmen, bloß unter Wasser.«
»Es ist eigentlich überhaupt nicht wie schwimmen«, widersprach Peter.
»Kannst du Auto fahren?«, fragte Justus. Darren schüttelte verwirrt den Kopf. »Nein, natürlich nicht, ich bin ja erst vierzehn.«
»Mit anderen Worten: Du hast noch keinen Führerschein. Siehst du. Du würdest auch nicht auf die Idee kommen, dich ans Steuer eines Autos zu setzen, wenn du es nicht gelernt hast. Mit dem Tauchen ist es genauso.«
»Aber wo ist denn das Problem? Tauchen ist kinderleicht!«
»Das ist es nicht«, sagte Justus hart.
»Ich will aber mit!«
»Darren, du kannst nicht mit.«
»Ich will aber!«
Justus seufzte tief. »Du wirst nicht mitkommen, Darren. Es ist zu gefährlich. Wir tragen hier die Verantwortung, weil wir ausgebildete Taucher sind. Wenn dir was passiert, sind wir dran.«
»Was soll denn schon passieren?«, schrie Darren den Ersten Detektiv an und blieb stehen.
»Darren, beruhige dich«, versuchte Peter sein Glück.
»Ich beruhige mich aber nicht! Ihr seid so fies! Macht die ganze Zeit einen auf große Detektive! Und auf mir hackt ihr rum, ich mache immer alles falsch! Darren, tu dies nicht, Darren tu das nicht, Darren, bist du verrückt geworden, Darren, lass uns das lieber machen. Dabei habe ich total wichtige Sachen rausgekriegt, und zwar ganz allein. Außerdem: Wer hat euch denn den Fall überhaupt verschafft? Das war ja wohl ich! Ohne mich wärt ihr gar nicht hier!«
»Das ist nicht fair, Darren«, sagte Justus verärgert. »Du hast uns

um Hilfe gebeten, und wir sind siebenhundert Meilen von Kalifornien nach Oregon gefahren. Aber bestimmt nicht, um uns von dir auf der Nase herumtanzen zu lassen. Du wolltest, dass wir uns um den Fall kümmern. Also tun wir das jetzt.«
»Ich will aber mitmachen!«, schrie Darren.
»Du hast bereits mitgemacht!«, erinnerte Justus ihn. »Von Anfang an! Du warst uns eine Hilfe, das will ich ja gar nicht abstreiten, aber du hast auch mehr als einmal beinahe alles vermasselt. Dieser Tauchgang ist eine Nummer zu gefährlich. Dafür braucht man Erfahrung. Und selbst dann ist er noch gefährlich. Deshalb wirst du nicht mitkommen, Darren. Ende der Diskussion.«
»Du bist so ein Aufschneider, Justus!« Darren war jetzt vollkommen außer sich, und Tränen der Wut waren in seine Augen getreten. »Du tust so, als wärst du der tolle Meisterdetektiv, aber in Wirklichkeit bist du bloß ein dicker Loser!«
»Wie du meinst. Können wir jetzt weitergehen?«
Darren starrte ihn wutentbrannt an, dann warf er zwei paar Flossen und eine Pressluftflasche zu Boden und schrie: »Macht doch euren Dreck alleine!« Mit weit ausgreifenden Schritten ging er in die entgegengesetzte Richtung. Keiner hatte Lust, ihn aufzuhalten.
»Oh, Mann«, stöhnte Peter. »Und was jetzt?«
»Nichts jetzt«, murrte Justus. »Wir machen weiter wie geplant. Wie brauchen Darren nicht für den Tauchgang.« Er hob die Sachen auf, die Darren fallen gelassen hatte, und verteilte sie auf alle. Schweigend setzten sie ihren Weg fort, bis sie das Ufer des Sees erreicht hatten.
In der Mitte der spiegelglatten Wasseroberfläche ragte der Wetterhahn von Sacred Heart heraus.
»Seht mal, ein abgetrennter, nichtmenschlicher Kopf«, sagte Peter, aber niemand lachte.

Hinter einer Gruppe von Felsen zogen Peter und Bob sich bis auf die Unterhose aus und schlüpften sofort in den wärmenden Taucheranzug. Als sie schließlich mit Bleigurten, Tarierwesten, Pressluftflaschen, Tauchermasken, Lampen und Flossen ausgestattet waren, war die Sonne untergegangen und die Dämmerung setzte ein.
»Was ist, wenn wir Joan und Carl begegnen?«, fragte Peter.
»Ich glaube nicht, dass die Gefahr besteht«, meinte Justus. »Die beiden wissen nichts von Mr Brooks' Unfall. Sie glauben immer noch, dass der alte Paul tagsüber hier herumstreunt, und trauen sich deshalb nicht bei Tageslicht hierher.«
Peter blickte in den schnell dunkler werdenden Himmel. »In einer halben Stunde ist es aber dunkel.«
»Ein Grund mehr, dass ihr euch beeilt. Aufgrund der Kirchturmspitze, die aus dem Wasser ragt, würde ich die Tiefe des Sees auf zwanzig bis dreißig Meter schätzen, je nachdem, auf welcher Höhe des Tals die Kirche errichtet wurde. Je tiefer ihr taucht, desto schneller ist eure Luft verbraucht. Ihr habt also sowieso nur dreißig bis vierzig Minuten, bis die erste Flasche leer ist. Aber vielleicht reicht das. Ihr wisst ja, wo ihr suchen müsst.«
»Das heißt nicht, dass wir das Haus auch ohne Probleme finden«, meinte Bob. »Ich könnte mir vorstellen, dass uns die Orientierung nicht ganz leichtfallen wird.«
»Ihr macht das schon«, meinte Justus.
»Los jetzt!«, drängte Peter. »Quatschen können wir später, ich will nicht so viel Zeit verlieren!«
Justus legte seinen Freunden eine Hand auf die Schulter. »Seid vorsichtig. Bleibt immer zusammen! Und taucht nicht leichtfertig in irgendwelche Gebäude!«
»Schon gut, Just, wir machen das ja nicht zum ersten Mal!«, beruhigte Bob ihn.

»Viel Glück!«
Gemeinsam stiegen Peter und Bob ins Wasser. Das war mit den Flossen auf dem steinigen Untergrund nicht ganz leicht. Aber sobald sie tief genug waren, verlegten sie sich aufs Schwimmen. Mit den luftbefüllten Westen und den Flossen war das einfach. Peter und Bob legten ihre Masken an und benutzten zunächst Schnorchel, um die Luft in den Flaschen zu sparen. Sobald ihre Gesichter unter Wasser waren, eröffnete sich ihnen eine neue Welt.
Das Wasser des Stausees war erstaunlich klar, und trotz des schwindenden Tageslichts konnten sie tiefer sehen, als sie erwartet hatten.
Unter ihnen fiel der Grund des Sees steil ab. Büsche, Sträucher und kleine Bäume wuchsen der Oberfläche entgegen. Sie waren seit Jahrzehnten tot, doch auf ihren Skeletten hatte sich im Laufe der Zeit neues Leben angesiedelt: Die abgestorbenen Äste waren von Algen und kleinen Muscheln bewachsen und sahen aus wie skurrile Korallenimitationen. Gleichzeitig hatten sie jedoch so viel von ihrem ursprünglichen Aussehen bewahrt, dass Bob und Peter beinahe erwarteten, Vögel oder Insekten zwischen den Sträuchern umherfliegen zu sehen. Stattdessen huschte hier und da ein kleiner Schwarm silberner Fischchen durch ihr Blickfeld.
Als der See tiefer wurde, verschwanden die Pflanzen unter ihnen in der Dunkelheit. Eine Weile schwammen sie über konturloses, blaues Nichts hinweg. Dann tauchten die ersten Häuser auf. Bei dem schwachen Licht und aus der Entfernung waren es nicht viel mehr als schwarze Umrisse. Trotzdem blieb Bob und Peter die Spucke weg. Es war ein bizarrer Anblick: Das alte Ridgelake wirkte aus der Ferne, als wäre es gestern erst verlassen worden. Alle Mauern und Dächer waren intakt. Selbst die Straßen und Gärten waren noch vage als algenüberwach-

sene Umrisse zu erkennen. Sie fühlten sich, als würde sie langsam über das Dorf hinwegfliegen.
Dann kam Sacred Heart in Sichtweite. Peter und Bob steuerten auf die alte Holzkirche zu. Da der Turm bis an die Wasseroberfläche reichte, war er im schwindenden Tageslicht noch gut zu erkennen. Das Holz schimmerte in einem unwirklichen, glitschigen Algengrün. Ein großer, fast armlanger Fisch schwamm langsam in eines der kleinen Turmfenster hinein und aus einem anderen wieder heraus.
Bob schaltete seine Lampe ein. Sobald der Lichtkegel den Fisch erfasste, suchte er mit drei, vier hektischen Flossenschlägen das Weite. Das Licht ließ den Algenbewuchs noch stärker leuchten. Als sie ganz nahe waren, sahen sie, wie die Wasserpflanzen auf der Holzwand träge hin und her wogten, fast so, als wäre Sacred Heart im Laufe ihres Unterwasserdaseins nach und nach lebendig geworden.
Als sie den verrosteten Wetterhahn erreichten, hoben Bob und Peter die Köpfe aus dem Wasser und spuckten die Schnorchel aus.
»Okay, wir sind da«, sagte Peter. »Weißt du, wo wir hinmüssen?«
»Wir sind jetzt auf der Südseite des Turms«, meinte Bob. »Am besten tauchen wir an der Westseite hinab, dann müssten wir direkt zum Kirchplatz kommen. Cassandras Haus war das zweite auf der rechten Seite. Beeilen wir uns, solange wir wenigstens noch ein bisschen Licht haben. Hoffentlich halten die Lampen die Tiefe aus.«
»Wir haben extra im Laden gefragt«, sagte Peter. »Bis fünfzig Meter sind wir auf der sicheren Seite. Und so tief können wir ohnehin nicht gehen.«
Bob nickte beruhigt. »Okay, letzter Check!« Sie testeten ihren Luftdruck. Beide Flaschen waren randvoll mit zweihundert-

zwanzig Bar gefüllt. Bob blickte zurück zum Ufer und gab ein Zeichen, dass alles okay war und sie nun abtauchen würden. Die Uferlinie war kaum noch zu sehen, und Justus selbst sah er gar nicht. Aber Bob ging davon aus, dass der Erste Detektiv sie mit dem Fernglas beobachtete. Er wandte sich wieder Peter zu. »Alles klar?«

»Alles klar.«

»Gut. Dann also abwärts!«

Sie drückten noch einmal die Masken fest ans Gesicht, nahmen den Lungenautomaten in den Mund und ließen die Luft aus ihren Westen. Sofort zogen die Bleigürtel sie nach unten. Dann schwappte das Wasser über ihren Köpfen zusammen, und es ging in die Tiefe.

Das versunkene Dorf

Der erste Atemzug aus der Druckluftflasche war für Bob immer eine kleine Überwindung. Es war der Moment, in dem er sein Leben einem Stück Plastik in seinem Mund, einem Schlauch und einer Flasche auf seinem Rücken anvertraute, und das machte ihn jedes Mal nervös. Doch die Luft strömte ohne Schwierigkeiten in seine Lungen. Das gab zwar ein etwas unheimliches Darth-Vader-Geräusch, aber als er ausatmete und die Luft an seiner Maske vorbei nach oben blubberte, hatte er sich schon daran gewöhnt.

Bob ließ sich von den Bleigewichten an seinen Hüften langsam in die Tiefe ziehen. Nach drei Metern spürte er den Wasserdruck in den Ohren und machte einen Druckausgleich. Damit war er die nächsten zwei Minuten beschäftigt, je tiefer er sank. Er nahm zu Peter Blickkontakt auf. Der Zweite Detektiv war ebenfalls mit dem Druckausgleich beschäftigt, die Hand an der Nase und den Kopf hin und her kippend. Als Bob das erste Mal auf seinen Tiefenmesser schaute, brauchte er schon seine Lampe. Sie waren bereits bei fünfzehn Metern Tiefe und hatten, ohne es zu merken, das Kirchenschiff erreicht. Bob berührte mit den Flossen das schiefergedeckte Dach der Kirche und tänzelte einen Moment fast schwerelos darauf herum.

Peter gab Bob ein Zeichen, weiter abzutauchen. Sie glitten über das Dach hinweg und an seinem Rand weiter in die Tiefe. Das Kirchenschiff war nicht mehr aus Holz, sondern aus massivem Stein, doch auch der hatte im Laufe der Zeit eine grünliche Farbe angenommen. Eine plötzliche Kälte kroch unangenehm eisig durch die schützende Neoprenhaut.

Bei einundzwanzig Metern erreichten sie den Grund. Der Tauchcomputer, der an Bobs Seite baumelte, zeigte ihm die

Zeit an, die sie bei dieser Tiefe unter Wasser bleiben konnten, ohne eine Dekompressionskrankheit zu riskieren: einundvierzig Minuten. Das war nicht gerade eine Ewigkeit, aber der Luftvorrat würde ihrer Suche ohnehin früher oder später ein Ende setzen.

Bob schwenkte die Tauchlampe über den Kirchplatz. Sämtliche Farbe war aus der Umgebung gewichen. Sie bewegten sich in einer Welt aus Grautönen, die sofort wieder mit undurchdringlicher Schwärze verschmolzen, sobald sie dem Lichtkegel der Lampe entkommen waren. Nun verstand Bob, warum Carl und Joan auf den Scheinwerfer zurückgegriffen hatten. Mit den Taschenlampen war ihr Blickfeld extrem eingeschränkt. Plötzlich war es überhaupt nicht mehr einfach, Cassandras Haus zu finden.

Mit ruhigen Flossenschlägen glitten Bob und Peter zwei Meter über den Grund des Sees hinweg und versuchten, so viel ihrer Umgebung wie möglich mit den Taschenlampen zu erfassen. Was von oben mit einem Rest Tageslicht übersichtlich erschienen war, hatte sich in ein verwirrendes Durcheinander von Licht und Schatten verwandelt. Doch schließlich waren sich beide einig, das richtige Gebäude gefunden zu haben.

Cassandras Haus war bemerkenswert gut erhalten. Das kalte Süßwasser hatte dem Holz kaum Schaden zugefügt. Die hellblaue Farbe der Holzplanken war besser erhalten als an den Hausfassaden des neuen Ridgelake. Für einen Augenblick gab Bob sich sogar der Illusion hin, Cassandra könne jeden Augenblick aus der Vordertür treten. Dann schwamm ein Schwarm blau-grauer Fische durch den Lichtkegel und zerstörte die Illusion.

Peter und Bob tauchten auf das Gebäude zu. Sie entdeckten ein kaputtes Fenster im Obergeschoss. Vor vielen Jahren musste einmal ein Stein hindurchgeflogen sein. Sogar die scharfkanti-

gen Reste der Scheibe hingen noch im Rahmen. Peter stieß die Splitter vorsichtig mit dem Ellbogen heraus und sah zu, wie sie wie fallendes Laub hinabsanken. Dann war der Weg ins Innere des Hauses frei.
Bob gab Peter Zeichen: Ab jetzt war äußerste Konzentration angesagt! Sie durften im Haus nicht die Orientierung verlieren und mussten aufpassen, dass sie sich mit ihren Schläuchen nicht irgendwo verfingen.
Obwohl sie praktisch frei schwebten, erschien ihnen jeder einzelne Raum beängstigend eng. Die Wände schienen auf sie zuzukriechen. Zum Glück war das Haus fast komplett leergeräumt. Nirgendwo standen Möbel im Weg. Lediglich die Stofftapeten, die in teilweise abgelösten Bahnen an den Wänden wehten wie Gardinen, ließen erahnen, dass hier tatsächlich einmal Menschen gewohnt hatten.
Langsam schwammen sie von Raum zu Raum. Die meisten Türen standen offen. Bei den geschlossenen hatte sich das Holz so vollgesogen, dass die Türblätter klemmten, aber es gelang ihnen jedes Mal, sie mit einem Stoß zu öffnen, auch wenn es manchmal lange dauerte. So untersuchten sie das komplette Obergeschoss, ohne etwas zu finden, und tauchten dann hinab ins Erdgeschoss. Hier begann die Suche von vorn. Aber wieder war sie ergebnislos.
Bob wollte sich gerade der letzten Tür zuwenden, als Peter ihm auf die Schulter tippte. Er drehte sich um. Peter wies auf seinen Tauchcomputer, dann klopfte er sich mit der Faust gegen die Brust. Das war das Zeichen, dass ihm langsam die Luft ausging. Bob warf einen Blick auf seine eigene Luftdruckanzeige. Er hatte noch achtzig Bar in der Flasche, Peter weniger als die Hälfte, seine Nadel war schon im roten Bereich. Sie kannten das Phänomen bereits: Peter verbrauchte aufgrund seiner Größe wesentlich mehr Luft als Bob. Das konnte er auch damit

nicht auffangen, dass er sportlicher war als Bob. Wenn Peter kein Risiko eingehen wollte, musste er jetzt zurück, denn er brauchte noch ein paar Minuten für den Rückweg. Ein zu schnelles Auftauchen war gefährlich für den Körper.
Per Zeichensprache verständigten sie sich, dass Peter an die Oberfläche zurückkehren sollte. Bob wollte noch ein paar Minuten hier bleiben. Beiden war klar, dass es leichtsinnig war, sich zu trennen. Andererseits: Bis jetzt war alles glattgegangen. Und Bob wollte sich wenigstens einmal überall umgesehen haben, auch wenn er kaum noch daran glaubte, etwas zu finden. Was sollte schon passieren?
Peter kehrte zurück ins Obergeschoss und verließ das Haus durch das kaputte Fenster. Bob widmete sich wieder der Tür. Auch sie hatte sich verkantet, doch Bob gelang es, sie mit einem Tritt aufzustoßen.
Der Raum dahinter war so leer wie alle anderen. Beinahe. Doch an einer Wand stand eine alte Kommode, die Cassandra und Joe wohl nicht hatten mitnehmen wollen. Neugierig schwamm Bob darauf zu und versuchte, die drei breiten Holzschubladen unter der Marmorplatte zu öffnen, doch sie hatten sich verzogen wie alles andere auch. Bob stemmte sich mit den Flossen dagegen und zog mit aller Kraft. Die untere Schublade rutschte heraus. Sie war leer. Die anderen beiden waren nun leichter zu öffnen. Aber auch hier fand Bob nichts. Er stieß einen blubbernden Seufzer aus. Das erinnerte ihn daran, einen Blick auf seine Druckluftanzeige zu werfen. Auch er sollte langsam zurückkehren. Außerdem wurde ihm kalt.
Bob machte kehrt und schwamm frustriert zurück. Beim Weg die Treppe hinauf nach oben rammte er versehentlich mit der Druckluftflasche die Decke. Er wurde langsam fahrlässig und zwang sich zur Konzentration. Sobald er das Haus verlassen hatte, konnte er sich entspannen, vorher nicht!

Im oberen Flur ließ er die Lampe nach links und rechts wandern. Für einen kurzen Moment glaubte er, die Orientierung verloren zu haben. Doch er zwang sich zur Ruhe, erinnerte sich daran, wo er hergekommen war, und schwamm den gleichen Weg zurück. Endlich lag vor ihm das zerbrochene Fenster, und wenige Sekunden später hatte Bob Cassandras Haus verlassen. Bob bewegte sich gerade auf die Kirche zu, um sich an ihrem Turm entlang aufzutauchen, als plötzlich ein grelles, gelbes Licht aufflammte und das versunkene Ridgelake in Helligkeit tauchte.

Justus bemerkte das Boot mit den beiden Tauchern viel zu spät. Er war die letzte halbe Stunde damit beschäftigt gewesen, mit dem Fernglas dem kaum sichtbaren Widerschein von Bobs und Peters Tauchlampen zu folgen und sich vorzustellen, welch fremdartige, geheimnisvolle Welt die beiden da unten gerade entdeckten. Dabei hatte er das Seeufer vollkommen vergessen. Dann war plötzlich das Ruderboot aufgetaucht. Es hatte schon die Hälfte des Weges bis zur Kirchturmspitze zurückgelegt. Justus überlegte fieberhaft, was zu tun war. Doch selbst wenn er das Boot sofort bemerkt hätte: Er konnte nichts tun. Bob und Peter waren da draußen auf sich allein gestellt. Er konnte ihnen weder zur Hilfe kommen, noch irgendwie Kontakt zu ihnen aufnehmen. Justus war dazu verdammt, abzuwarten und zu beobachten.
In der Nähe des Wetterhahns machte das Boot halt. Einige Sekunden später erstrahlte der See plötzlich in gleißendem Licht. Justus hielt den Atem an und versuchte, mehr zu erkennen. Doch wie schon beim ersten Mal ließen die Reflexionen auf dem Wasser jede klare Kontur verschwimmen. Das Boot tauchte als Schatten auf, verschwand aber sofort wieder, ebenso die Umrisse des Kirchturms und der Hausdächer unter Wasser.

Obwohl er kaum etwas sehen konnte, war Justus irgendwann sicher, dass die beiden Gestalten an Bord das Boot verlassen hatten. Wenn Bob und Peter jetzt noch da unten waren ...
Doch da tauchte plötzlich die Silhouette eines Schwimmers auf. Je näher er sich vom Licht wegbewegte, desto deutlicher konnte Justus ihn erkennen. Es war Peter, der, so schnell er konnte, auf ihn zukam. Aber er war allein.
»Peter!«, raunte Justus, sobald er den Zweiten Detektiv in Hörweite wähnte. »Hierher, Peter!«
Der Zweite Detektiv schleppte sich ächzend aus dem Wasser und befreite sich von der schweren Druckluftflasche und dem Bleigürtel.
»Wo ist Bob?«, bedrängte Justus ihn.
»Noch da unten«, keuchte Peter erschöpft.
»Warum seid ihr nicht zusammengeblieben?«
»Ich hatte keine Luft mehr, er schon. Er wollte nur noch den letzten Raum untersuchen. Ich war gerade oben, als das Licht anging. Es waren Carl und Joan, aber sie haben mich zum Glück nicht gesehen. Ich habe einen großen Bogen um das Boot gemacht. Aber Bob ist da unten jetzt mitten auf dem Präsentierteller! Sie werden ihn entdecken!«
»Wie viel Luft hat er noch?«
Peter sah auf seine Anzeigen, überschlug, wie lange er ans Ufer gebraucht hatte, und versuchte so, Bobs Luftvorrat zu schätzen. Sein Magen krampfte sich zusammen, als er auf das Ergebnis kam. »Inzwischen ... wahrscheinlich keine mehr.«

Luft!

Als das Licht anging, fühlte sich Bob wie ein Kaninchen im Scheinwerferlicht. Im ersten Moment war er wie erstarrt und blinzelte gegen die unwirkliche Lichtquelle, die den See aus seiner Dunkelheit riss. Plötzlich war alles da: die Kirche Sacred Heart, Cassandras Haus, der Platz, die Straßen, das ganze Dorf, eingefroren wie in einer Schneekugel, vor fünfzig Jahren konserviert von eisigem Bergwasser.

Dann konnte Bob sich endlich von diesem Anblick losreißen. Bei dieser Beleuchtung war er von oben vermutlich sehr leicht zu sehen. Wenn er entdeckt wurde, konnten sie die Suche nach Cassandras Silberschatulle vergessen!

Bob schlug kräftig mit den Flossen und steuerte auf die Kirche zu, der er am nächsten war. Die Fenster, die einmal das Kirchenschiff verziert hatten, fehlten. Vermutlich waren sie ausgebaut und in die neue Kirche eingesetzt worden. An ihrer Stelle gähnten hohe, schwarze Löcher. Bob zögerte nicht und schwamm hinein wie ein Beutefisch in sein Schlupfloch. Er schaltete die Lampe aus und drehte sich zum Fenster um.

Es dauerte keine zehn Sekunden, da tauchten zwei Taucher in seinem Blickfeld auf. Carl und Joan. Bob wollte warten, bis sie tief genug waren, damit er unbemerkt auf der anderen Seite des Kirchenschiffs entkommen konnte. Doch als er sich umdrehte, sah er, dass es auf der anderen Seite keine Fenster gab. Und wenn er eines auf dieser Seite benutzte, würden die beiden Taucher ihn sofort entdecken. Er hatte keine Wahl. Er musste warten, bis sie außer Sichtweite waren.

Aber das geschah nicht. Joan und Carl schwammen um den Dorfplatz herum, mal zu diesem Haus, mal zu jenem, offenbar uneinig darüber, welches sie schon durchsucht hatten und

welches nicht. Zu keinem Augenblick hätte Bob es wagen können, sein Versteck zu verlassen.
Plötzlich fiel ihm das Atmen schwer. Entsetzt tastete Bob nach seinem Tauchcomputer. Wie lange harrte er hier schon aus? Drei Minuten? Vier?
Zu lange!
Seine Druckluftflasche war leer.
Die Panik packte ihn augenblicklich mit eisigem Griff. Er schüttelte seinen Tauchcomputer, klopfte gegen das Sicherheitsglas, doch die rote Nadel der Druckanzeige bewegte sich keinen Millimeter. Voller Entsetzen nahm Bob einen tiefen Zug aus dem Mundstück. Es fühlte sich an, als saugte er an einer leeren Flasche Wasser. Da war nichts mehr. Er musste nach oben! Er brauchte Luft! Sofort! Schon begann seine Lunge zu schmerzen. Die Muskeln in seiner Brust wollten sich dehnen und wehrten sich mit Kräften gegen den Befehl, entspannt zu bleiben.
Rauf! Jetzt! Bob wusste, dass sich die Luft, die sich noch in seiner Lunge befand, beim Auftauchen aufgrund des geringer werdenden Drucks ausdehnen würde. Bei dieser Tiefe auf ihr dreifaches Volumen. Drei Atemzüge. Das reichte vielleicht. Es musste reichen!
Bob ließ alle Vorsicht fahren, stieß sich ab und strampelte mit den Flossen. Drei Meter, vier Meter, der Schmerz ließ nicht nach, er wurde schlimmer, und schon sah er bunte Flecken vor den Augen – als er plötzlich die Wasseroberfläche durchstieß.
Etwas stimmte nicht. Das wusste Bob sofort. Aber es machte keinen Unterschied. Er hatte keine Wahl. Er spuckte das Mundstück aus und atmete so tief ein, wie er konnte.
Die Luft schmeckte faulig, stank wie die Pest und brannte wie Alkohol auf einer offenen Wunde. Aber es war Luft. Bob keuchte und keuchte und hörte nicht auf zu keuchen, bis ihm

klar wurde, dass die Luft, die er atmete, kaum Sauerstoff enthielt. Denn er war nicht an der Oberfläche des Sees. Er war irgendwo anders.
Bob tastete um sich, drehte sich, suchte nach Licht, aber es war keines da, nur unter ihm, ganz schwach, drang etwas vom Bootsscheinwerfer durch die drei Fenster.
»Ruhig, Bob«, murmelte er und holte erneut tief Luft. »Beruhige dich, um Himmels willen!« Bob tastete nach dem Füllschlauch seiner Luftweste und pustete sie auf, bis sie stramm seinen Oberkörper umschloss und ihn wie einen Korken an der Oberfläche schwimmen ließ. Jetzt brauchte er nicht mehr mit den Beinen zu strampeln, und es gelang ihm, sich zu entspannen. Das Atmen fiel ihm etwas leichter, wenn er sich nicht mehr bewegte. Das Gefühl, dass ihm jemand mitten in einer Jauchegrube den Hals abschnürte, blieb. Nach einiger Zeit merkte er, dass der Sauerstoff in der Luft zwar knapp war, aber ausreichte, wenn er tief genug atmete. Er würde nicht ersticken. Zumindest nicht sofort.
Bob schloss die Augen, trieb ein paar Augenblicke lang ganz ruhig im Wasser, lauschte auf seinen eigenen, laut widerhallenden Atem und dachte nach. Dann erinnerte er sich an seine Lampe und schaltete sie ein.
Knapp über ihm wölbte sich grauer Stein: die Decke des Kirchenschiffs. In seiner Panik war Bob einfach nach oben geschossen, ohne daran zu denken, dass er sich immer noch in der Kirche befand. Unter ihrem luftdichten Dach hatte sich eine Blase gebildet. Luft, die seit Jahrzehnten hier gefangen war und nirgendwohin entweichen konnte. Es war nur etwas über einen halben Meter bis zur Decke. Wenn Bob die Hand über den Kopf streckte, konnte er den kalten Stein berühren. Es fühlte sich an wie ein eisiges, winziges Gefängnis, in dem kein atmendes Lebewesen lange überleben konnte.

Bob verfluchte seinen Leichtsinn. Warum war er nicht mit Peter zurückgekehrt? Warum war er so dumm gewesen, sich zu verstecken, als Joan und Carl auftauchten? Wenn sie ihn entdeckt hätten – na und? Er hatte sein Leben für ein silbernes Kästchen aufs Spiel gesetzt, von dem er noch nicht einmal wusste, was drin war! Und jetzt saß er in der Falle.
Er dachte nach. Er musste hier irgendwie raus. Einmal tief Luft holen und dann zurück durch das Kirchenfenster und nach oben? Das war sehr riskant. Vom Sauerstoffmangel abgesehen, war er schon viel zu lange unten, um ein so schnelles Auftauchen riskieren zu können. Dass Peter ihm zu Hilfe eilte, war zwar wahrscheinlich, aber wie lange würde das dauern? Und würde der Zweite Detektiv ihn finden? Blieben noch Joan und Carl. Er musste versuchen, sie auf sich aufmerksam zu machen, damit er deren alternative Luftversorgung benutzen konnte. Bob glaubte nicht, dass sie einen Taucher in Not sterben lassen würden, nur um ihr Geheimnis zu wahren.
Bob richtete den Strahl seiner Lampe nach unten. Er hoffte, dass die beiden Taucher von draußen das Licht durch das Kirchenfenster sehen würden.
Minutenlang schwenkte Bob die Lampe hin und her. Er gab SOS-Zeichen. Doch nichts passierte. Vielleicht waren Joan und Carl schon längst wieder weg. Oder das Licht war wegen des alles überstrahlenden Scheinwerfers gar nicht zu sehen. Bob nahm all seinen Mut zusammen. Er setzte seine Maske wieder auf, holte so tief Luft wie möglich und entleerte seine Weste. Sofort sackte er wieder in die Tiefe. Bob ließ sich sinken, bis er auf Fensterhöhe war. Er blickte hinaus. Draußen war es immer noch hell, aber von Joan und Carl war tatsächlich nichts zu sehen.
Bobs Blick fiel auf die Orgel. Sie stand am anderen Ende des Kirchenschiffs leicht erhöht auf einem Holzpodest. Über den

Manualen tasteten die silbernen Orgelpfeifen in das kalte Bergseewasser. Er erinnerte sich daran, in einem der Gemeindebriefe gelesen zu haben, dass man die alte Kirchenorgel zurückgelassen und für das neue Ridgelake auch eine neue Orgel in Auftrag gegeben hatte. An den Grund konnte er sich nicht mehr erinnern, aber sogar der Sitzhocker war hiergeblieben. Cassandras Hocker. Hier hatte sie gesessen und gespielt.
Bob tauchte wieder zurück in die Luftblase und befüllte seine Weste erneut, um Kräfte zu sparen. Trotzdem war ihm schwindlig, als ihn die Weste endlich wieder trug. Und plötzlich meinte Bob, etwas zu hören. Geräusche. Menschliche Stimmen. Was unter Wasser natürlich unmöglich war.
Aber es gab keinen Zweifel: Da war jemand! Unter ihm! Bob drückte die Maske fest, nahm den Schnorchel in den Mund und blickte nach unten.
In der Kirche brannten Kerzen. Und da waren Leute. Sie kamen langsam durch das große hölzerne Eingangstor herein und setzten sich nacheinander auf die Bänke. Es schien kein gewöhnlicher Gottesdienst zu sein. Alle trugen schwarz. Eine Beerdigung? Schlurfend und räuspernd nahmen alle Platz. Dann kam der Pfarrer durch den Mittelgang und stieg die zwei Stufen zum Altar hinauf.
Bob fragte sich, warum ihn niemand bemerkte. Schließlich schwebte er direkt über den Köpfen der Gottesdienstbesucher unter der Decke. Früher oder später musste doch einmal jemand nach oben sehen. Das wiederum führte zu der Frage, wie das alles überhaupt möglich war. Er befand sich unter Wasser in einer vor vielen Jahrzehnten untergegangenen Stadt! Aber bevor Bob nach einer Antwort suchen konnte, begann Cassandra Wilcox, auf der Orgel zu spielen. Die ersten Akkorde ließen ihn erschauern. Dann nahm die kraftvolle, wunderschöne Musik ihn voll und ganz gefangen.

Tiefenrausch

Als Peter abtauchte, war ihm vollkommen egal, ob Carl und Joan ihn sehen konnten oder nicht. Sein Herz schlug bis zum Hals. Bob war nicht wieder aufgetaucht. Nachdem Peter so schnell er konnte die Druckluftflasche gewechselt hatte und wieder zurück ins Wasser gesprungen war, hatte er bis zur Mitte des Sees verzweifelt nach Bob Ausschau gehalten. Doch vom dritten Detektiv fehlte jede Spur.
Peter klammerte sich an den letzten Funken Hoffnung in ihm. Vielleicht war Bobs Flasche doch noch voller gewesen, als er in Erinnerung gehabt hatte. Vielleicht war die Anzeige fehlerhaft gewesen. Vielleicht war er doch aufgetaucht, hatte die Richtung verwechselt und war ans falsche Seeufer geschwommen. Aber das bohrende Gefühl, dass seinen ganzen Körper zu Eis werden ließ, verschwand einfach nicht. Das Gefühl, dass Bob etwas Furchtbares zugestoßen war.
So schnell er konnte, tauchte Peter in die Tiefe. Mit aller Gewalt drückte er die Schmerzen in seinen Ohren weg und sank wie ein Stein.
Keine Spur von Joan und Carl. Keine Spur von Bob. Peter schwamm auf Cassandras Haus zu und stieß durch das kaputte Fenster. Seine Druckluftflasche blieb hängen. Wütend riss Peter sich frei. Er wusste, er wurde leichtsinnig, aber wenn Bob hier wirklich irgendwo war, durfte er keine Sekunde verlieren! Doch Bob war nicht hier. Peter durchsuchte jeden Raum. Der dritte Detektiv blieb verschwunden. Peter schwamm zurück. Draußen blickte er sich verzweifelt um. Er verfluchte das begrenzte Sichtfeld seiner Maske. Er verfluchte sich, dass er mehr Luft verbraucht hatte als Bob! Er verfluchte diesen ganzen verdammten Fall! Wo sollte er jetzt suchen? Wo??

Plötzlich nahm er etwas aus den Augenwinkeln wahr. Ein Licht. Es schimmerte durch eines der Kirchenfenster. War es eine Reflexion des Scheinwerfers über seinem Kopf? Nein, es sah anders aus. Peter setzte sich in Bewegung, wohl wissend, dass er womöglich direkt Joan und Carl in die Arme schwamm. Es war keine Reflexion. Es war eine Taschenlampe. Sie baumelte in der reglosen Hand eines Tauchers, der unter der Decke des Kirchenschiffs trieb.
Peters Herz setzte aus, dann begann es schlagartig zu rasen. Er paddelte durch das Fenster und glitt empor. Dann erkannte er das Gesicht hinter der Maske. Es war Bob! Und er starrte blicklos ins Leere und rührte sich nicht.
Peter sah, dass es unter der Decke eine Luftblase gab. Er tauchte neben Bob auf und riss das Gesicht des dritten Detektivs aus dem Wasser. Bob starrte ihn aus geweiteten Augen an ... und gab schreckliche Laute von sich.
Dann spuckte er den Schnorchel aus und wiederholte die Laute, aber diesmal klang es wie »Peter! Was machst du denn hier? Wolltest du nicht schon längst oben sein?«
Peter testete die Luft. Sie schmeckte furchtbar. Er nahm seine alternative Luftversorgung aus der Halterung und stopfte sie Bob in den Mund.
»Waf woll bemm baf?«, beschwerte sich Bob.
»Atme!«, herrschte Peter ihn an.
Bob atmete. So schmeckte also normale Luft. Er hatte es beinahe vergessen. Eine Wohltat. Das Schwindelgefühl verschwand allerdings nicht. Und der Gottesdienst? Hatte aufgehört, sobald Peter aufgetaucht war.
Bob nahm den Lungenautomaten aus dem Mund. »Hast du die Orgel gehört, Peter?«
»Orgel? Sag mal, spinnst du? Bob! Du warst verschwunden! Wir dachten, du wärst ertrunken!«

»Wäre ich auch fast.«
»Was ... was ... was denkst du dir eigentlich?«
»Es ging nicht anders!«, verteidigte sich Bob und versuchte, die Situation zu erklären. Aber irgendwie gelang ihm das nicht. Er hatte immer noch das Orgelspiel im Kopf. War es Bach gewesen? Er hatte das Gefühl, es war Bach, aber vielleicht hatte es auch nur wie Bach geklungen, und in Wirklichkeit war es jemand ganz anderes, vielleicht ...
»Bob!«, riss Peter ihn aus seinen Überlegungen. »Geht's dir gut?«
Bob dachte nach. Ging es ihm gut? Nein. »Nein«, sagte er.
»Stickstoff!«, rief Peter. »Du leidest an einer Stickstoffnarkose! Tiefenrausch! Du bist wie besoffen!«
»Ja, mag sein. Jetzt, wo du's sagst ...«
»Du musst hier raus, Bob. Gar kein Problem. Wir können zusammen auftauchen. Die Luft reicht locker für uns beide.«
»Wir können noch nicht rauf.«
»Doch, können wir. Bob, du bist nicht bei Sinnen. Hör auf mich. Du nimmst jetzt meine alternative Luftversorgung, und dann tauchen wir gemeinsam ab und schwimmen durch dieses Fenster, und dann tauchen wir ganz langsam und vorschriftsmäßig auf und ...«
»Aber wir müssen erst zur Orgel!«
»Was? Bob, nein, wir müssen nicht zur Orgel, das ist bloß der Stickstoff, der dir das erzählen will.«
»Peter, ich weiß, wo das Kästchen ist.«
Peter brauchte einen Moment, bis die Information zu ihm durchsickerte. »Wie bitte?«
»Das Kästchen ist irgendwo bei der Orgel versteckt. Erinnerst du dich, was Dr. Holloway gesagt hat? Cassandra hat Zuflucht in der Kirche und in der Musik gesucht, nachdem sie Joseph auf irgendeine Weise betrogen hatte. Die Orgel war ihr Ein und Alles.«

»Du könntest recht haben«, meinte Peter, obwohl ihm gar nicht wohl dabei war, noch eine Sekunde länger als nötig hier unten zu verbringen. Eine Stickstoffnarkose war nicht weiter gefährlich und würde sich verflüchtigen, sobald Bob wieder an der Oberfläche war. Aber ihm reichte es trotzdem langsam mit dem Tauchabenteuer. Andererseits war es besser, jetzt gleich nachzusehen, ob Bobs Vermutung stimmte. Dann mussten sie nämlich nie wieder in diesen verfluchten See steigen.
Peter warf einen Blick auf seine Anzeigen. Die Flasche war noch zu drei Vierteln voll. »In Ordnung. Ich werde nachsehen, du bleibst hier. In einer Minute bin ich wieder da und hole dich ab. Dann tauchen wir auf.«
Bob nickte.
»Und wenn du wieder Orgelmusik hörst – einfach nicht drauf achten!« Peter nickte ihm aufmunternd zu.
»Ich muss noch rauskriegen, ob's wirklich Bach war«, meinte Bob.
Peter schüttelte den Kopf und tauchte ab.
Die Orgel war am anderen Ende des Kirchenschiffs. Die silbernen Orgelpfeifen schimmerten unwirklich im Licht der Taschenlampe. Das Metall war angelaufen und fleckig, aber keine einzige Alge hatte sich darauf niedergelassen. Es sah beinahe so aus, als bräuchte man nur die Tasten anzuschlagen, um ihr nach Jahren des Schweigens wieder Töne zu entlocken.
Peter sah sich um und fragte sich, wo er suchen sollte. Die Pfeifen waren zu schmal für das Kästchen, und die Orgel selbst bot keinerlei Möglichkeit, etwas zu verstecken. Dann fiel sein Blick auf den Sitz. Es war eine Art Klavierhocker, niedrig und breit. Das Polster hatte sich halb aufgelöst. Peter erkannte, dass man den Sitz hochklappen konnte, um Noten darin zu verstauen. Das Wasser hatte dem Hocker so sehr zugesetzt, dass er halb zerbröselte, als Peter versuchte, den Sitz hochzuklappen. Zwi-

schen morschem Holz und aufgeweichtem Polstermaterial schimmerte etwas Silbernes hindurch. Mit einem Ruck riss Peter den Deckel ganz ab.

Der mit einem breiten Kreuz verzierte Deckel einer buchgroßen silbernen Schatulle reflektierte das Licht seiner Taschenlampe wie ein Spiegel. Peter hob sie vorsichtig aus ihrem Versteck, klemmte sie sich unter den Arm und kehrte zu Bob zurück.

Der hatte ihn von der Luftblase aus durch seine Tauchermaske beobachtet. »Du hast sie gefunden, stimmt's?«, rief er aufgeregt. »Ich habe gesehen, wie du an dem Hocker zugange warst.«

Peter nickte und hielt die Schatulle über die Wasseroberfläche. »Ich habe sie gefunden. Aber wir öffnen sie besser erst, wenn wir wieder oben sind, sonst ruinieren wir womöglich noch den Inhalt. Komm jetzt!« Er reichte Bob den zweiten Lungenautomaten, nahm seinen eigenen in den Mund und klemmte das Kästchen unter den Arm. Dann hielten sie sich gegenseitig am Unterarm fest und tauchten ab.

Es war nicht ganz einfach, in dieser Formation durch das enge Fenster zu schwimmen, doch schließlich hatten sie es geschafft und Sacred Heart endlich verlassen.

Draußen erhellte immer noch künstliches Scheinwerferlicht den See. Zusätzlich leuchteten ihnen zwei Taschenlampen in die Augen.

Joan und Carl hatten auf sie gewartet.

Der letzte Wille

Justus glaubte, verrückt zu werden. Immer wieder blickte er auf die Uhr. Dreizehn Minuten. Peter war schon seit dreizehn Minuten da unten. Das konnte nichts Gutes bedeuten. Das konnte eigentlich nur heißen, dass seine Freunde in eine ungeheure Katastrophe geschlittert waren. Hätte Peter Bob sofort gefunden, wäre er längst wieder aufgetaucht. Wenn er ihn nicht gefunden hatte, dann war Bob seit mittlerweile einer Viertelstunde ohne Sauerstoff. Wie Justus es auch drehte und wendete, ihm fiel keine plausible Geschichte ein, die nicht in eine Tragödie mündete.

Er musste etwas unternehmen. Irgendwas. Hilfe holen. Die Polizei, die Feuerwehr! Aber er wusste ganz genau, dass ein Rettungsfahrzeug aus Medford in frühestens einer Stunde hier wäre. In jedem Fall zu spät.

Dann erlosch plötzlich das Licht. Von einer Sekunde auf die andere versank der See wieder in Dunkelheit. Justus hielt das Fernglas an die Augen und suchte die Wasseroberfläche ab. Das Boot, jetzt nur noch ein schwarzer Schatten, setzte sich wieder in Bewegung. Wer an Bord war, konnte Justus nicht erkennen. Minutenlang verfolgte er gebannt den Kurs des Bootes. Dann hörte er plötzlich ein Platschen im Wasser. Nicht weit vom Ufer entfernt waren zwei Köpfe aus dem Wasser aufgetaucht.

Peter und Bob.

Justus fiel ein riesiger Stein vom Herzen. Eine unbeschreibliche Erleichterung spülte über ihn hinweg. Aufgeregt fing er an zu winken. »Bob! Peter! Hierher! Dem Himmel sei Dank, was ist denn passiert? Seid ihr in Ordnung?«

»Wir sind okay«, keuchte Peter, als er sich an Land schleppte. »Bob ist noch etwas besoffen. Und das Kästchen ist weg.«

»Ihr habt es gefunden?«
»Ja. Aber Carl und Joan haben es uns abgenommen. Wir hatten keine Chance, schließlich hingen wir zu zweit an einer Luftversorgung. Carl konnte mir das Kästchen einfach unter dem Arm wegreißen und dann verschwinden. Hast du sie gesehen? Wir müssen sie aufhalten!«
»Sie sind ans Ufer gerudert«, sagte Justus und half dem schlappen Bob, sich von der schweren Ausrüstung zu befreien.
»Dann müssen wir hinterher!«, drängte Peter.
»Aber ihr solltet vielleicht erst mal ...«
»Wir müssen hinterher!«, wiederholte Peter nachdrücklich. »Sonst war die ganze Aktion umsonst! Nun komm schon!« Er warf seine Flossen von sich, schlüpfte in seine Schuhe und lief, noch immer in den Neoprenanzug gehüllt, los. Justus und Bob folgten ihm widerwillig. Bob erzählte ihm in kurzen Worten, was unter Wasser passiert war. Er war noch immer etwas durcheinander und zittrig auf den Beinen, und Justus wollte ihn nicht allein lassen. Deshalb hatten sie Peter schon nach einer halben Minute in der Dunkelheit verloren.
»Wo ist er denn jetzt?«, knurrte Justus. »Weiß er denn überhaupt, wo das Boot liegt? Was will er denn machen, wenn er Carl und Joan –«
Weiter kam er nicht. Denn plötzlich zerriss ein Schuss die nächtliche Stille. Justus sah das Mündungsfeuer vor ihm in der Dunkelheit aufblitzen. Dann bellte ein Hund.
Justus rannte los.
Es war so dunkel, dass er beinahe in Peter hineinlief. Der stand mit erhobenen Händen am Flussufer und stieß einen kleinen Schrei aus, als Justus plötzlich hinter ihm auftauchte. Es dauerte einen Moment, bis der Erste Detektiv die Situation erfasst hatte:
Joan und Carl standen noch in ihrer kompletten Taucher-

montur neben ihrem Boot, das sie gerade an Land gezogen hatten. Ein wenig erhöht am Rande der Uferböschung stand Mr Wilcox. In der einen Hand hielt er eine Lampe, in der anderen ein Gewehr. An seiner Seite saß Zero, knurrend und zuckend, als könnte er sich kaum zurückhalten, sich auf einen der Anwesenden zu stürzen und ihn zu zerfleischen.
»Da kommt ja auch schon dein vorlauter Freund«, bemerkte Wilcox und leuchtete Justus ins Gesicht. »Und der Dritte im Bunde, noch ganz aus der Puste, der arme Junge! Komm her, Bursche, komm ruhig näher. Zero tut dir nichts. Jedenfalls nicht, wenn ich es ihm nicht sage.«
»Was soll das werden, Mr Wilcox?«, fragte Justus und bemühte sich, seiner Stimme einen festen und überlegenen Klang zu geben. »Haben Sie gerade einen Schuss abgegeben?«
»Oho, du bist ja ein ganz Mutiger! Hast nicht mal Angst vor meinem Gewehr, was? Jawohl, Klugscheißer, das war ein Schuss, und zwar ein Warnschuss, da die beiden Gestalten hier glaubten, sie könnten einfach so abhauen. Falsch gedacht! So.« Er trat einen Schritt näher und leuchtete nacheinander den drei ??? und Joan und Carl in die Gesichter. »Und jetzt will ich wissen, was hier gespielt wird. Ich kenne Sie doch irgendwo her. Wir haben uns schon einmal gesehen!«
»Wovon sprechen Sie überhaupt?«, fragte Joan giftig.
»Von Ihrer Schnüffelei spreche ich, Gnädigste!«, donnerte Wilcox. »Ihrer und der Ihrer drei großmäuligen Kinderkomplizen!«
»Wenn Sie die drei Jungen meinen, die kenne ich überhaupt nicht«, antwortete Joan. »Und ich weiß auch nicht, was Sie mit Schnüffelei meinen. Mein Bruder und ich waren in diesem See tauchen. Sie wissen vielleicht, dass sich darin ein untergegangenes Dorf befindet. Das ist für Hobbytaucher wie uns eine große Herausforderung.«
»Mitten in der Nacht!«, höhnte Wilcox.

»Selbstverständlich. Genau das macht es ja zur Herausforderung. Und nun würde ich Ihnen raten, das Gewehr beiseitezulegen und uns in Ruhe zu lassen, sonst riskieren Sie großen Ärger mit der Polizei.«
»Reden Sie doch keinen Unsinn!«, brüllte Wilcox. »Ich habe Sie beobachtet! Mit einem Nachtglas. Erst bin ich den drei Jungs gefolgt, weil ich ahnte, dass sie irgendwas aushecken, und dann entdeckte ich Sie mit Ihrem Boot. Ich habe gesehen, wie Sie etwas aus dem See geborgen haben.«
»Nur ein kleines Andenken an einen faszinierenden Tauchgang«, sagte Carl.
Wilcox ließ ihn nicht ausreden, sondern trat mit drei schnellen Schritten an das Boot heran und warf einen Blick hinein. Justus erkannte sofort, dass Wilcox bis zu diesem Augenblick nicht gewusst hatte, was soeben aus der Tiefe des Sees seinen Weg an die Oberfläche gefunden hatte. Als er das silberne Kästchen erblickte, verschlug es ihm einen Moment die Sprache. »Woher haben Sie das?«, flüsterte Wilcox schließlich und nahm das Kästchen so vorsichtig in die Hand, als sei es zerbrechlich. Dabei legte er die Taschenlampe beiseite.
»Nehmen Sie die Finger weg, Mann!«, rief Carl wütend, doch sofort richtete Wilcox wieder das Gewehr auf ihn.
»Woher Sie das haben, will ich wissen!«
»Von mir«, meldete sich nun Peter zu Wort. »Wir beide haben das Kästchen gefunden, Bob und ich. Sie haben es uns weggenommen. Es gehört aber uns.«
»Ha!«, lachte Wilcox auf, und Zero stieß ein Bellen aus. »Du hast keine Ahnung, wovon du redest, Junge!«
»Sie meinen, weil das Kästchen eigentlich Ihrer Frau Cassandra gehörte?«, fragte Justus beiläufig und beobachtete zufrieden, wie Wilcox zum zweiten Mal die Gesichtszüge entglitten. »Wir wissen sehr genau, wovon wir reden, Mr Wilcox.«

Nicht nur Joseph Wilcox war vollkommen verblüfft. Auch Carl und Joan blickten den Ersten Detektiv fassungslos an.
»Wer seid ihr Jungs?«, fragte Joan.
»Was wisst ihr über Cassandra?«, fragte Wilcox.
Justus trat einen Schritt vor. »Nehmen Sie die Waffe runter, Mr Wilcox, und ich bin bereit, mein Wissen mit Ihnen zu teilen. Wenn wir herausfinden wollen, wer einen rechtmäßigen Anspruch auf den Inhalt dieses Kästchens hat, müssen wir ohnehin früher oder später miteinander reden. Oder wollen Sie uns wirklich nacheinander erschießen? Ich glaube kaum.«
Joe Wilcox zögerte einige Sekunden, doch dann siegte offenbar seine Neugier. Er hängte sich das Gewehr über die Schulter und forderte dann: »Rede, Junge!«
Justus holte tief Luft. »Vor einigen Tagen wurden meine Freunde und ich von Darren Duff, dem Großneffen von Cedric Duff, beauftragt, in einer mysteriösen Angelegenheit Nachforschungen anzustellen.«
»Beauftragt?«, fragte Joe Wilcox irritiert.
Wortlos reichte Justus ihm eine ihrer Visitenkarten.

»Das ist ja wohl ein schlechter Witz«, höhnte Wilcox. »Ihr drei wollt Detektive sein? Wer soll das denn glauben?«
»Wer das glaubt, ist vollkommen egal«, entgegnete Justus. »Tatsache ist, wir kamen nach Ridgelake und beobachteten durch Zufall eine mysteriöse Lichterscheinung hier am See. Wir waren nicht die einzigen Zeugen. Paul Brooks hat das Licht ebenfalls gesehen. Ihn brachte das leuchtende Wasser so aus der Fassung, dass er in den See stieg und beinahe ertrunken wäre, wenn Peter ihn nicht gerettet hätte. In den nächsten Tagen stellten wir Nachforschungen an und fanden heraus, dass das geheimnisvolle Leuchten von einer sehr starken Lampe stammte, die unter diesem Ruderboot befestigt war. Dem Ruderboot von Carl und Joan, die seit einigen Tagen im See tauchen, auf der Suche nach der silbernen Schatulle von Cassandra Wilcox geborene Spencer, Ihrer verstorbenen Frau.«
Nun wandte sich Wilcox mit finsterem Blick Carl und Joan zu. »Wer sind Sie?«, fragte er grimmig.
Joan und Carl sahen einander an, unschlüssig, wie sie reagieren sollten. Schließlich gab Joan sich einen Ruck. »Mein Name ist Joan Meyers. Dies ist mein Bruder Carl. Unsere Eltern starben, als wir noch sehr klein waren. Wir kamen in ein Waisenhaus. Dort verbrachten wir aber nur einige Monate, bis wir vom Ehepaar Meyers adoptiert wurden und nach Portland zogen. Nachdem wir die Highschool abgeschlossen hatten, bekamen wir eine Nachricht von der Leitung des Waisenhauses. Sie teilten uns mit, dass damals, noch vor unserer Adoption, ein Päckchen für uns angekommen sei. Ein Päckchen voller Geld. Es war ein kurzer Brief dabei. In dem wurde die Leitung des Waisenhauses darum gebeten, das Geld für uns aufzubewahren, bis wir alt genug seien. Der Brief war nicht unterzeichnet, und das Päckchen hatte keinen Absender. Aber die Verwaltung des Waisenhauses kam dem Wunsch des anonymen Spenders nach und

legte das Geld für uns an. Wir haben versucht, herauszufinden, wer der edle Spender war, aber es ist uns damals nicht gelungen.«

»Bis uns vor ein paar Wochen ein Brief erreichte«, fuhr Carl fort. »Wieder hatte das Waisenhaus ihn an uns weitergeleitet, wieder gab es keinen Absender. In dem Brief hieß es, eine Frau namens Cassandra Wilcox habe etwas für uns auf dem Grund des Stausees versteckt, ein silbernes Kästchen. Es sei für uns bestimmt, aber wenn wir danach suchen wollten, sollten wir uns vor einem gewissen Joseph in Acht nehmen. Außerdem war ein Foto beigelegt, auf dem Cassandra und das Kästchen zu sehen waren.«

»Wie bitte?«, rief Wilcox. »Das ist doch Unsinn! Meine Frau ist vor drei Monaten gestorben. Sie hatte Krebs. Sie ist bestimmt nicht auf den Grund des Sees getaucht und hat dort irgendetwas versteckt.«

Justus schüttelte langsam den Kopf. »Ihre Frau hat das Kästchen vor fünfzig Jahren versteckt. Bevor das Dorf geflutet wurde.«

»Damals? Aber ...« Joseph Wilcox verstummte, plötzlich gefangen in Erinnerungen, die ein halbes Jahrhundert alt waren.

»Ihre Frau bekam das Kästchen als junge Frau von der Gemeinde geschenkt, erinnern Sie sich? Sie haben es seitdem nie wieder gesehen, nicht wahr? Und nun vermuten Sie wahrscheinlich, Cassandra habe das Geld, das sie damals von ihren Eltern erbte, in dem Kästchen versteckt.« Noch während Justus sprach, wurde ihm nach und nach einiges klar. »Das war lange Zeit auch meine Vermutung. Inzwischen glaube ich das aber nicht mehr. Sagen Sie, Joan, wie viel Geld hat der unbekannte Spender damals für Sie hinterlassen? Waren es etwa zweihunderttausend Dollar? Es könnte ja auch eine unbekannte Spenderin gewesen sein.«

Justus ließ seine Worte wirken.

Joseph Wilcox starrte abwechselnd Joan und Carl an und wurde dabei immer bleicher. Plötzlich fing er sogar an zu zittern. Er klemmte die Lampe unter seinen Arm und machte sich an dem Kästchen zu schaffen. Der Verschlussmechanismus funktionierte tadellos. Kaltes Bergseewasser lief heraus, als Wilcox den Deckel aufklappte. Er leuchtete hinein. Doch er hielt die Schatulle so, dass niemand sonst einen Blick hineinwerfen konnte. Wilcox betrachtete den Inhalt einen Augenblick lang. Dann schloss er den Deckel des Kästchens wieder und umklammerte es wie eine gefährliche Waffe, die niemandem in die Hände fallen durfte.

»Sie gehen jetzt besser alle nach Hause«, sagte er tonlos. »Und kommen Sie niemals wieder hierher!«

»Was ist in dem Kästchen?«, fragte Carl mit harter Stimme.

»Das geht Sie nichts an.« Ohne ein weiteres Wort wandte sich Joseph Wilcox ab und machte ein paar Schritte in die Dunkelheit. Justus befürchtete schon, er würde wirklich für immer verschwinden und sie alle ohne eine Erklärung zurücklassen. Doch plötzlich trat ein Schatten hinter einer dichten Brombeerhecke hervor und stellte sich Wilcox in den Weg. Zero begann zu knurren, doch dann nahm der Hund Witterung auf und lief schwanzwedelnd auf die Gestalt zu, die aus dem Nichts aufgetaucht war.

»Doch, Joe, das tut es«, sagte der Mann. »Es geht die beiden etwas an.«

»Cedric!«, rief Wilcox erstaunt. »Was tust du hier?«

Darren Duffs Großonkel trat näher. Hinter ihm löste sich eine weitere Gestalt aus den Schatten. Darren.

»Mein Neffe hat mich hergebracht«, erklärte Cedric.

Darren lief auf die drei ??? zu. Unsicher, fast ängstlich, blickte er von einem zum anderen, traute sich aber nicht, etwas zu sagen.

»Nachdem du dich bei mir über Darren und seine Freunde beschwert hattest, Joe, habe ich ihn zur Rede gestellt. Er wollte zunächst nicht mit der Sprache rausrücken, doch dann hat er mir erzählt, wer die drei wirklich sind und was sie in den letzten Tagen in Ridgelake getrieben haben. Mir wurde einiges klar.«

»Dir wurde einiges klar?«, wiederholte Joe ungläubig. »Was wurde dir klar, Cedric? Hast du etwas mit dieser Sache zu tun?«

Cedric nickte langsam. Er stand jetzt so nahe bei ihnen, dass Justus den traurigen Ausdruck in seinem Gesicht sehen konnte. »Cassandra hat sich mir anvertraut.«

»Anvertraut? Was soll das heißen?«

»Bevor sie starb, hat sie mich um etwas gebeten. Ich sollte Kontakt zu Joan und Carl aufnehmen und ihnen von dem silbernen Kästchen erzählen, das auf dem Grund des Sees versteckt liegt.«

»Was ... aber warum ... weißt du etwa, was hier drin ist?«

Cedric schüttelte den Kopf. »Ich habe eine Ahnung. Aber das spielt letztlich keine Rolle. Sie wollte, dass Joan und Carl das Kästchen bekommen. Das war ihr letzter Wille. Und den wollte ich ihr nicht verwehren. Sie war bereits zu schwach, um die Sache selbst in die Hand zu nehmen. Also habe ich ihr geholfen und den Brief an das Waisenhaus geschrieben.«

»Du?«, fragte Joe tonlos. »Aber warum hat sie nicht mich ...«

»Sie hatte Angst vor dir, Joe!«, sagte Cedric eindringlich. »Sie hatte ihr Leben lang Angst vor dir! Sie traute sich nicht, dir von dem Kästchen zu erzählen, weil sie glaubte, dass du ihr diesen Wunsch nie erfüllt hättest. Sie bat mich sogar, Joan und Carl vor dir zu warnen.«

Einen kurzen Moment lang befürchtete Justus, dass Wilcox' Wut wieder auflodern und er auf Cedric Duff losgehen würde. Doch dann ließ Joe Wilcox die Schultern hängen und senkte

den Blick. Sekundenlang starrte er zu Boden und schüttelte langsam den Kopf. »Dieses Kästchen enthält die Wahrheit«, murmelte er fast unhörbar.
»Und Cassandra wollte, dass Joan und Carl sie erfahren«, sagte Cedric. »Erfüll ihr diesen Wunsch, Joe. Bitte.«
Joe Wilcox rührte sich nicht. Minutenlang, wie es Justus schien. Doch dann trat er langsam auf die beiden Taucher zu und reichte Joan die silberne Schatulle. Er wandte sich um und ging langsam zurück Richtung Ridgelake. Dabei warf er nur Cedric einen langen Blick zu, bevor er und sein Hund in der Dunkelheit verschwanden.
Etwas verwirrt blickten die drei ??? einander an.
»Habe ich jetzt alles kaputtgemacht?«, flüsterte Darren ihnen ängstlich zu.
»Nein, Darren«, beruhigte Justus ihn. »Du hast nichts kaputt gemacht. Es war richtig, deinem Onkel alles zu erzählen.«
Nach und nach blickten alle zu Joan hinüber, die etwas ratlos das Kästchen in den Händen wog. »Ich verstehe nur die Hälfte von dem, was hier vor sich geht«, gestand sie schließlich. »Aber ich denke, dass ich Ihnen und euch vertrauen kann.« Dann ließ sie den Schließmechanismus aufschnappen und hob den Deckel an.
In Cassandras silberner Schatulle befand sich kein Geld. Auch keine Edelsteine. Sondern ein sorgsam in eine wasserdichte Folie verpacktes Tagebuch.

Cassandra

3. Juli

Es ist absurd: Der Staudamm ist bis jetzt nur eine Idee, ein Bauplan, eine technische Zeichnung. Niemand weiß, ob er wirklich gebaut werden wird. Und trotzdem erscheint er mir bedrohlicher als jede reale Gefahr. Lange Wochen und Monate glaubte ich, dass ich mich davor fürchte, meine Heimat verlassen zu müssen. Mein Elternhaus, meine Straße, den geliebten sprudelnden Fluss gleich hinter der Wiese. Wenn sie den Staudamm bauen, wird es den Fluss nicht mehr geben. Er wird anschwellen, bis er das ganze Tal überspült, bis er zu einem kilometerlangen See geworden ist.

Aber langsam begreife ich, dass das nicht der Grund für meine Angst ist. Ein neues Ridgelake würde entstehen, es wäre gleich nebenan, hinter den Hügeln. Wir hätten neue Häuser und Geld für ein neues Leben. Es wäre besser als vorher. Nein, das ist es nicht, wovor ich mich fürchte.

Was mich nachts nicht schlafen lässt, ist das, was ich in den Gesichtern der Menschen sehe. Der Stausee nagt bereits am Dorf, obwohl der Damm noch gar nicht gebaut wurde. Das Wasser fängt an, die Dorfgemeinschaft zu unterspülen.

Vor einem Jahr beschlossen wir, in Bezug auf das Staudammprojekt nur eine einstimmige Entscheidung gelten zu lassen. Aber einer ist immer noch dagegen und will trotz des Geldes, die die Baugesellschaft bereit ist zu zahlen, seine Heimat nicht verlassen. Charly. Er will mit seinen Kindern in dem Haus bleiben, in dem seine Frau vor einem Jahr verstorben ist. Ich kann ihn verstehen. Er glaubt, die Erinnerung an sie wird vom Wasser des Flusses weggespült werden. Er ist noch lange nicht so weit. Jeder scheint zu glauben, dass Charly es sich noch anders überlegen wird. Dass er nur pokert, um noch mehr Geld herauszuschlagen. Aber man muss ihm nur in die Augen blicken, um die Wahrheit zu sehen: Charly wird nicht gehen.

25. Juli
Übermorgen wird die Entscheidung fallen. So oder so: In achtundvierzig Stunden weiß ich, wissen wir alle, ob es den Staudamm geben wird oder nicht. Die Entscheidung liegt bei uns, bei Ridgelake, bei niemandem sonst. Das haben wir uns zumindest monatelang eingeredet. Aber inzwischen wissen wir, dass das nicht stimmt. Die Entscheidung liegt bei Charly. Charly, der nicht zur Vernunft kommen will. Das ist es, was Joseph sagt, was Daniel sagt, was fast alle sagen. Sie wissen, dass er sich nicht kaufen lassen wird. Sie werden es noch einmal mit Argumenten versuchen. Aber wenn das nicht hilft …
Ich habe Angst. Echte Angst diesmal. Joseph ist gestern noch spät aus dem Haus gegangen. Er sagte, er geht noch ein Bier trinken, aber ich habe aus dem Fenster gesehen, dass Richard schon geschlossen hatte. Joseph war nicht in der Kneipe. Er hat sich mit den anderen getroffen. Daniel, Thelonius, Cedric, Jack, Bradley, Paul und Steven. Sie führen etwas im Schilde.
Joseph kam betrunken wieder. Er trinkt sonst nicht viel. Ich glaube, er trank sich Mut an. Mut, etwas zu tun, das uns alle ins Verderben stürzen kann.
Ich bete zu Gott, dass ich mich irre. Ich bete zu Gott, dass ich die Stärke habe, ihn aufzuhalten, wenn ich mich nicht irre.

27. Juli, im Morgengrauen
Ich weiß nicht, wo ich anfangen soll. Wie ich das Grauen dieser Nacht in Worte fassen soll. Das Unvorstellbare ist geschehen. Draußen flackern noch die letzten Flammen, dicker Ruß liegt in der Luft, das Tal ist erfüllt vom stinkenden Qualm des Feuers, das Charlys Haus in Asche verwandelt hat.
Ich erwachte um Mitternacht von den Rufen und Schreien draußen vor der Tür. Dann sah ich den Widerschein des Feuers in den Nachtwolken. Ich blickte aus dem Fenster. Oben am Hang brannte Charlys Haus. Es brannte so lichterloh, dass ich sofort wusste, jede Hilfe käme zu spät.

Joseph kam zurück. So weiß im Gesicht und so verstört, wie ich meinen Mann noch nie erlebt habe. Ich fragte ihn, was passiert sei. Charlys Haus brennt, sagte er, vollkommen tonlos.
Mein Gott, rief ich, was ist mit Charly, was ist mit den Kindern?
Die Kinder sind in Sicherheit, flüsterte er. Aber Charly dachte, sie wären im Haus. Er rannte hinein, wahnsinnig vor Angst. Er kam nicht wieder heraus. Dann stürzte das Dach ein.
Danach schwieg Joseph. Er sah mir nicht in die Augen. Er antwortete nicht auf meine Fragen. Er legte sich ins Bett, starrte die Decke an und schwieg.
Ich habe jetzt auch Angst vor ihm.

29. Juli
Ich bewege mich in einem geraunten Albtraum aus Watte und leisen Schritten. Niemand spricht in normaler Lautstärke. Jedermann flüstert, als habe er Angst, die Toten zu wecken.
Charly ist tot. Er ist in seinem Haus verbrannt. Seine Kinder waren bei Sarah. Daniels Frau will mir nicht sagen, warum sie bei ihr waren. Niemand will irgendetwas sagen.
Joseph hat gestern den ganzen Tag nicht gesprochen. Er hat das Bett nicht verlassen. Meine Angst schlug langsam in Wut um. Heute Nacht habe ich auf seinen Atem gelauscht. Er schlief nicht. Also habe ich ihn gefragt, was passiert ist.
Ein Unfall, sagte er. Es war ein Unfall, Schatz. Niemand kann etwas dafür.
Die Vollversammlung wird auf nächste Woche verschoben, wenn Charly beerdigt worden ist.

3. August
Heute war Charlys Beerdigung. Das ganze Dorf war da. Aber niemand sprach. Niemand fand Worte. Reverend Marten las aus der Bibel. Danach zerstreuten sich alle sehr schnell. Niemand kehrte bei Richard ein.

Niemand sprach. Ridgelake versinkt im Schweigen. Ich sah, wie Sarah und Daniel am Mittag mit dem Wagen davonfuhren. Sie hatten die Zwillinge dabei. Vor einer Stunde kehrten sie zurück, ohne die Kinder. Sie sind jetzt in einem Waisenhaus, sagte Joseph, als ich ihn danach fragte. Offenbar wusste er davon.
Niemand in Ridgelake wollte die Kinder zu sich nehmen. Hätte ich es gewollt? Vielleicht. Aber Joseph nicht. Und ich weiß auch nicht, ob ich es geschafft hätte. Denn die Wahrheit, die so schwer zu denken, noch schwerer aufzuschreiben und unmöglich auszusprechen ist: Ich bin genauso schuldig wie alle anderen. Ich wusste, dass etwas passieren würde. Aber ich habe nichts unternommen.

6. August
Heute war die letzte Vollversammlung. Die Entscheidung ist einstimmig gefallen: Der Staudamm wird gebaut. Die Bauarbeiten beginnen schon nächste Woche. In einem Jahr wird Ridgelake Geschichte sein.

12. Februar
Zu lange habe ich nichts mehr geschrieben. Zu lange habe ich mich selbst im Schweigen versteckt. Ich habe die letzten Monate endlose Stunden in der Kirche verbracht und Orgel gespielt. Ich dachte, es würde mich heilen, doch die Musik betäubt mich nur. Als ich vorhin die Einträge aus dem letzten Sommer las, wurde mir übel. Ich hatte gedacht, ich wäre wenigstens mit mir und diesem Tagebuch ehrlich gewesen. Aber das war ich nicht. Mein Bericht war vage, und ich habe eigentlich nichts beim Namen genannt. Aber ich muss die Dinge beim Namen nennen. Ich muss. Solange ich noch die Wahrheit vom Schweigen unterscheiden kann.

Die Wahrheit:
Ganz Ridgelake wollte den Staudamm. Ganz Ridgelake wollte das Geld, die neuen Häuser, das neue Dorf, das neue Leben. Nur Charly nicht. Er

ließ sich nicht überreden. Also beschlossen Daniel, Thelonius, Cedric, Jack, Bradley, Paul und Steven, etwas zu unternehmen. Sie und Joseph, mein Mann. Sie wollten Charly auf ein Bier einladen und hinter seinem Rücken sein Haus anzünden. Sarah sollte sich um die Kinder kümmern. Niemand sollte zu Schaden kommen. Es war ein grausamer Plan, aber das schien niemand so zu sehen. Charly musste zur Vernunft gebracht werden. Ohne Haus hätte er keinen Grund mehr gehabt, gegen den Staudamm zu stimmen. Er hätte eingewilligt. Er hätte das neue Haus und das viele Geld schätzen gelernt und den anderen ihre Niedertracht vergeben. Er hätte eingesehen, dass es besser so war. Für alle.

Doch der Plan ging nicht auf. Charly stritt sich mit den anderen und ging auf die Toilette. Aber er war so wütend, dass er nicht zurückkehrte. Stattdessen verließ er Richards Laden durch den Hinterausgang und ging nach Hause.

Er kam gerade rechtzeitig, um es in Flammen aufgehen zu sehen. Charly dachte, seine Kinder seien noch in dem Haus. Er stürzte hinein, um sie zu retten, und kam in den Flammen ums Leben.

Als die anderen in Richards Laden merkten, dass Charly nicht zurückkehrte, war es bereits zu spät.

Alle wussten von dem Plan. Nicht alle waren an seiner Umsetzung beteiligt, aber ganz Ridgelake hatte das Getuschel mitbekommen. Jeder, wirklich jeder wusste, dass Daniel, Joseph und die anderen etwas planten. Niemand stellte sich gegen sie. Niemand unternahm etwas. Auch ich nicht. Alles, was ich tat, war zu beten. Aber zu diesem Zeitpunkt war Ridgelake schon ein gottloser Ort geworden. Nur hatte es noch niemand bemerkt.

Ich bin schuldig. Wir alle sind es. Und jeder weiß um die Schuld des anderen. Niemand spricht darüber. Niemand klagt den anderen an. Niemand will Buße tun. Niemand spricht von Charly oder den Zwillingen. Und wenn doch, dann ist von einem tragischen Unfall die Rede. Langsam fängt die Lüge an, die Wahrheit zu überdecken. Die Bewohner des Dorfes zählen die Tage, bis das neue Ridgelake endlich fertig ist. Bis das alte Ridgelake geflutet wird. Bis das Wasser endlich die letzten bösen Erinnerungen unter sich begräbt. Niemand merkt, dass die Schuld bleiben wird. Ihr Gift wirkt langsam. Aber es wirkt.

7. März
Ich kann so nicht leben. Ich musste etwas tun. Ich weiß, ich kann nichts wiedergutmachen. Aber vielleicht kann ich etwas besser machen.
Ich bin heimlich nach Medford gefahren und zur Bank gegangen. Ich habe alles Geld, das ich von meinen Eltern geerbt habe, abgehoben. Ich habe es sorgsam verpackt und ins Waisenhaus geschickt. Es ist für Charlys Zwillinge bestimmt. Sie sollen es haben, wenn sie alt genug sind. Niemals sollen sie erfahren, wer es ihnen geschickt hat. Das Beste wird sein, wenn sie den Namen Ridgelake nie hören und ihre Geschichte nie erfahren müssen. Sie sind noch so klein, sie werden sich an nichts erinnern. Möge Gott ihrer Seelen gnädig sein. Und meiner.

23. März
Joseph hat herausgefunden, dass das Geld verschwunden ist. Er ist wütend, so wütend, wie ich ihn noch nie erlebt habe.
Ich kann ihm nicht sagen, wo das Geld ist. Er würde es nicht verstehen. Er würde sagen, ich solle nicht ständig von dieser alten Geschichte anfangen. Er würde mich zwingen, das Geld vom Waisenhaus zurückzufordern. Also schweige ich. Er wird nicht erfahren, wofür ich das Geld verwendet habe. Ich werde mich in meinem Schweigen einschließen, wie er es seit dem letzten Sommer getan hat. Joseph wird kein Sterbenswort aus mir herausbringen.
Zum Glück ist Cedric da. Ich glaube, er hält Joseph davon ab, mir etwas anzutun. Aber ich werde stark bleiben, das habe ich mir geschworen. Ich werde nicht noch einmal auf Gottes Hilfe vertrauen. Ich muss selber dafür sorgen, dass Carl und Joan das Geld bekommen, wenn sie alt genug sind, und niemand sonst.

26. März
Seit meinem letzten Eintrag lässt mich die Vorstellung nicht los, dass Joseph dieses Tagebuch entdecken könnte. Es war leichtsinnig von mir, alles niederzuschreiben. Ich habe darüber nachgedacht, es zu verbrennen. Aber dieses Buch ist der einzige Ort, an dem die Wahrheit noch existiert. Ich will es nicht vernichten. Es ist albern, ich weiß, denn es ist nur ein Tagebuch, und es wird niemals jemand lesen außer mir. Aber ich bringe es nicht über mich, die Wahrheit auch auf dem Papier auszulöschen, nachdem sie in den Köpfen der Menschen schon verschwunden ist. Ich werde das Buch von nun an in der Kirche verstecken, nicht mehr zu Hause. Ich kann die Klappe des Hockers abschließen. Niemand außer mir hat den Schlüssel.

27. Mai
Es ist soweit. Die Arbeiten am Staudamm wurden in Rekordtempo beendet. Das neue Ridgelake ist vollständig errichtet. Wir ziehen um. In vier Tagen wird das Wasser des Flusses langsam steigen. In einer Woche wird ganz Ridgelake schon kniehoch überschwemmt sein. In zwei Monaten wird nur noch der Kirchturm aus den Fluten ragen. Und in einem Jahr wird nichts mehr an das alte Ridgelake erinnern. Dann ist das Verbrechen endgültig weggewaschen worden. Und auch ich werde versuchen ein neues Leben zu beginnen. Ich weiß, dass es mir nicht gelingen wird. Niemandem wird es gelingen. Auch nicht denen, die gehen, und das sind sehr viele. Wir werden Charly mitnehmen, wohin auch immer wir fliehen, und wie viel Wasser unsere Vergangenheit auch bedecken wird. Aber wir alle werden es jeden Tag aufs Neue versuchen.
Ich werde mein Tagebuch hier lassen. Mir gefällt der Gedanke, dass das einzige Stück Wahrheit, das über Charlys Schicksal existiert, sich dort befindet, wo ganz Ridgelake versucht, seine bösen Träume zu begraben. Wer weiß, vielleicht wird es doch noch eines fernen Tages jemand lesen. In vielen, vielen Jahren, wenn wir alle schon zu Staub geworden sind. Dann wird mir vielleicht jemand vergeben können.

Abschied von Ridgelake

Die drei ???, Darren, sein Onkel Cedric, Joan und Carl saßen im Arbeitszimmer des Rathauses beisammen und lauschten dem Knacken des Feuers im Kamin. Joan, die die letzte halbe Stunde mit ruhiger Stimme aus Cassandras Tagebuch vorgelesen hatte, klappte es leise zu.
Lange Zeit sprach niemand ein Wort. Justus, Peter und Bob trauten sich nicht einmal, zu Joan und Carl hinüberzuschauen. Schließlich brach Carl das Schweigen. »Was ist aus den anderen geworden?«, wandte er sich an Cedric Duff.
Die Stimme von Darrens Großonkel versagte, als er zu einer Antwort ansetzte. Er musste sich räuspern. »Die meisten sind tot. Thelonius starb schon vor dreißig Jahren an einer Lungenentzündung. Steven war der Nächste, er hatte einen Autounfall. Jack und Bradley starben vor ein paar Jahren kurz hintereinander. Sie waren einfach alt. Alle drei haben nie geheiratet. Daniel lebt noch, er führt den kleinen Lebensmittelladen im Dorf. Aber seine Frau Sarah, die Frau, die die Zwillinge ... Sie beide ...« Wieder versagte Cedrics Stimme. Er schluckte schwer. »Sarah stürzte vor fünfzehn Jahren von einer Leiter und brach sich das Genick. Paul war der Mann, der vor drei Tagen in den See gesprungen ist. Ihm geht es etwas besser, sagt Dr. Holloway. Ich war heute bei ihm. Er war der Einzige von uns, der seit damals jeden einzelnen Tag seines Lebens am See war. Dort hat er mit Charly .... mit Ihrem Vater gesprochen. Er glaubt immer noch, dass es Charlys Seele war, die er im Wasser gesehen hat. Und dass Charlys Geist gekommen ist, um ihn zu holen. Ich glaube, Paul wartet darauf, dass er ihm endlich folgen kann.« Cedric schwieg.
Nun wagte Justus, Joan und Carl einen Blick zuzuwerfen.

Joan nickte stumm. Sie wirkte nachdenklich. Es war kaum zu sagen, was in ihr vorging. Carl war noch verschlossener. Aber in seinen Augen sah er weder Wut noch Verbitterung. »Das ist eine traurige Geschichte«, sagte Joan schließlich leise. »So viele Todesfälle und so wenig neues Leben.«

»Ridgelake starb, als Charly in den Flammen umkam. Das neue Dorf und die neuen Häuser und das neue Leben konnten nichts daran ändern. Ich glaube, wir haben damals alle gleichzeitig aufgegeben.«

Carl wandte sich an Bob und Peter. »Ich möchte mich bei euch entschuldigen. Als ich euch vorhin unter Wasser das Kästchen wegnahm, hatte ich ja keine Ahnung. Ich hoffe, ich habe euch nicht in Gefahr gebracht.«

»Es ist ja noch mal alles gut gegangen, Mr Meyers«, versicherte Peter. Bob nickte zustimmend.

»Was werden Sie jetzt unternehmen?«, fragte Cedric Duff mit belegter Stimme.

»Wir werden zurück nach Portland fahren«, antwortete Carl. »Am besten gleich, dann müssen wir keine weitere Nacht im Hotel in Medford verbringen.«

»Und ... danach?«

Carl und Joan tauschten einen Blick aus und schwiegen.

»Ich bin für den Tod Ihres Vaters mit verantwortlich«, brachte Cedric schließlich heraus. »Ebenso Joe, Daniel und Paul.«

»Unser Vater«, erwiderte Joan ruhig, »ist Richard Meyers. Der Mann, der uns adoptiert hat, als wir noch Babys waren. Charly ist ... ein Name, den wir bis vorhin noch nie gehört haben. Es ist gut, endlich zu wissen, woher wir kommen und wer uns damals das Geld geschenkt hat. Aber am Ende bleibt es nur eine Geschichte. Uns verbindet nichts mit Ridgelake, verstehen Sie, Mr Duff?«

Cedric Duff nickte verwirrt.

»Danke, dass Sie Cassandras letzten Wunsch erfüllt und diesen Brief geschrieben haben.«
»Sie bedanken sich bei mir«, sagte Cedric. »Dabei habe ich ein schweres Verbrechen begangen!«
»Ja«, antwortete Joan. »Und wenn ich die Geschichte richtig verstanden habe, haben Sie dafür bezahlt. Sie und alle anderen.« Joan erhob sich und warf ihrem Bruder einen fragenden Blick zu. Der nickte, dann stand auch er auf.
»Leben Sie wohl«, sagte Joan, nickte in die Runde und ging. Carl nahm das Tagebuch an sich und folgte ihr. Die silberne Schatulle ließen sie zurück.

Am nächsten Morgen verabschiedeten sich auch die drei ???. Cedric Duff wich ihnen aus wie am ersten Tag. Nachdem Joan und Carl gegangen waren, hatte er sich in seinem Arbeitszimmer verschanzt und war seitdem nicht mehr herausgekommen. Darren war vollkommen verunsichert.
»Könnt ihr nicht noch bleiben?«, bat er Justus, als sie ihre Taschen gepackt hatten.
»Wir müssen morgen wieder zur Schule, Darren, und die Rückfahrt wird lang.«
»Wir müssen ja auch noch die Taucherausrüstung zurückbringen und alles«, erinnerte Bob.
»Aber ... aber was soll ich denn hier allein?«, fragte Darren verzweifelt. »Ich gehe hier ein! Jetzt erst recht! Mann, wenn ich gewusst hätte, dass dieser Fall so endet ... ich weiß gar nicht, was ich jetzt machen soll.«
Justus blickte ratlos zu Peter und Bob. Er konnte Darren gut verstehen. Auch er legte keinen gesteigerten Wert darauf, nur eine Stunde länger als nötig in Ridgelake zu bleiben. Aber ändern konnte er Darrens Situation trotzdem nicht. »Es tut mir leid, Darren.«

Sie verließen das Gästezimmer unter dem Dach und gingen die Treppe nach unten. Als sie an der Tür zum Arbeitszimmer vorbeigingen, erwartete Justus halb, dass Cedric Duff herauskommen würde, doch nichts rührte sich.
Der Himmel über Ridgelake war dunkel und hing tief, als die drei ??? ins Auto stiegen. Mit Trauermiene sah Darren ihnen dabei zu. Doch plötzlich kam Cedric Duff aus der Haustür.
»Darren«, sagte er.
»Ja, Onkel Cedric?«, fragte Darren unsicher.
»Ich habe gerade mit deinen Eltern telefoniert und ihnen erzählt, dass es mir nicht gut geht und dass ich mich nicht länger um dich kümmern kann. Sie sind damit einverstanden, dass du schon jetzt zu ihnen nach San Francisco fährst. Begeistert waren sie nicht, aber ... na ja, das müssen sie ja auch nicht sein.« Zum ersten Mal lächelte Cedric Duff.
Darren war die Erleichterung deutlich anzusehen. Und die Gewissensbisse, die gleich darauf folgten, ebenfalls.
»Schon gut, Darren«, sagte Cedric. »Es war nicht die Wahrheit, die ich deinem Vater erzählt habe. Ich hätte dich gern noch ein paar Tage hierbehalten. Aber ich weiß, dass du dich hier nicht wohlfühlst. Das kann ich gut verstehen. Ridgelake ist nicht der richtige Ort für einen Jungen. Und jetzt lauf und pack deine Sachen!« Er wandte sich an die drei ???. »Könnt ihr Darren mitnehmen? Ihr fahrt doch in die gleiche Richtung, oder?«
»Das ist gar kein Problem, Mr Duff«, versicherte Peter. »Wir kommen direkt an San Francisco vorbei!«
Darren war schon ins Haus verschwunden. In Rekordzeit hatte er seine Sachen gepackt und kam wieder herunter. Während Peter die Reisetaschen umverteilte, verabschiedete Darren sich von seinem Großonkel. Sie sprachen so leise, dass die drei ??? nichts davon mitbekamen.
»Gute Fahrt!«, sagte Cedric Duff abschließend, drehte sich um

und kehrte ins Haus zurück, bevor einer von ihnen etwas erwidern konnte.
Auf der holprigen Hauptstraße hielten die drei ??? und Darren nach den Bewohnern von Ridgelake Ausschau, doch niemand begegnete ihnen. Der Lebensmittelladen von Daniel hatte geschlossen, im ›Regenloch‹ war alles verrammelt, und auch sonst ließ sich niemand blicken.
Sie hatten das Dorf bereits verlassen, als ihnen doch noch jemand entgegen kam. Dr. Holloway war zu Fuß auf der Straße unterwegs. Peter hielt neben ihr, und Bob kurbelte auf der Beifahrerseite das Fenster herunter. »Guten Tag, Dr. Holloway.«
»Hallo! Verlasst ihr uns etwa schon wieder?«
Bob nickte. »Und Darren nehmen wir gleich mit.«
»Schade«, sagte die Ärztin. »Haben denn eure Nachforschungen zu irgendwas geführt?«
Bob zögerte mit seiner Antwort. Stattdessen sagte Justus: »Ja, haben sie. Das Geheimnis von Ridgelake ist gelüftet.«
»Tatsächlich?« Nun beugte Dr. Holloway sich neugierig vor.
Doch bevor Justus fortfahren konnte, sagte Darren: »Am besten fragen Sie meinen Großonkel. Vielleicht möchte er Ihnen von dem Geheimnis erzählen. Ein bisschen Gesellschaft wird ihm guttun, glaube ich.«
Dr. Holloway nickte. »Gesellschaft schadet nie, da hast du recht, Darren. Schön, dann wünsche ich euch eine gute Fahrt!«
»Grüßen Sie Paul Brooks von uns!«, bat Peter.
»Das mache ich.«
Die drei ??? und Darren verabschiedeten sich von Dr. Holloway, Bob kurbelte die Scheibe wieder hoch, und Peter setzte ihren Weg über die schlaglochübersäte Straße fort.
Darren sah durch die Heckscheibe nach hinten, bis erst Dr. Holloway, dann die Häuser von Ridgelake und schließlich die Spitze des Kirchturms hinter den Hügeln verschwand.

Hier geht die Spannung weiter:

- ☐ Angriff der Computerviren
  978-3-440-10342-5
- ☐ Fußball-Gangster
  978-3-440-10343-2
- ☐ Vampir im Internet
  978-3-440-10344-9
- ☐ und das Geisterschiff
  978-3-440-10345-6
- ☐ Todesflug
  978-3-440-10346-3
- ☐ Labyrinth der Götter
  978-3-440-10347-0
- ☐ Insektenstachel
  978-3-440-10350-0
- ☐ Tal des Schreckens
  978-3-440-10349-4
- ☐ Hexenhandy
  978-3-440-10352-4
- ☐ Gift per E-Mail
  978-3-440-10353-1
- ☐ Das Erbe des Meisterdiebs
  978-3-440-10354-8
- ☐ und der Schatz der Mönche
  978-3-440-10356-2
- ☐ Die sieben Tore
  978-3-440-10357-9
- ☐ Höhle des Grauens
  978-3-440-10359-3
- ☐ Gefährliches Quiz
  978-3-440-10360-9
- ☐ Der Feuerteufel
  978-3-440-10363-0
- ☐ Das Auge des Drachen
  978-3-440-10361-6
- ☐ Schlucht der Dämonen
  978-3-440-10362-3
- ☐ Villa der Toten
  978-3-440-10364-7
- ☐ Auf tödlichem Kurs
  978-3-440-10367-8
- ☐ Codename: Cobra
  978-3-440-10366-1
- ☐ Der finstere Rivale
  978-3-440-10365-4
- ☐ Das düstere Vermächtnis
  978-3-440-10369-2
- ☐ Der schwarze Skorpion
  978-3-440-10370-8
- ☐ und der Geisterzug
  978-3-440-10208-4
- ☐ Spur ins Nichts
  978-3-440-10209-1
- ☐ Fußballfieber
  978-3-440-10207-7
- ☐ Schrecken aus dem Moor
  978-3-440-10203-9
- ☐ Feuermond Teil 1–3
  978-3-440-10205-3
- ☐ Geister-Canyon
  978-3-440-10204-6
- ☐ SMS aus dem Grab
  978-3-440-10515-3
- ☐ Schatten über Hollywood
  978-3-440-10577-1
- ☐ Schwarze Madonna
  978-3-440-10443-9
- ☐ Haus des Schreckens
  978-3-440-10755-3
- ☐ Fluch des Piraten
  978-3-440-10900-7
- ☐ Fels der Dämonen
  978-3-440-10899-4
- ☐ Der tote Mönch
  978-3-440-11056-0
- ☐ und das versunkene Dorf
  978-3-440-11145-1
- ☐ Pfad der Angst
  978-3-440-10901-4
- ☐ Die geheime Treppe
  978-3-440-11144-4

Auf Englisch:

- ☐ The Curse of the Cell Phone
  978-3-440-10064-6
- ☐ Poisoned E-Mail
  978-3-440-10065-3
- ☐ Soccer Mania
  978-3-440-10640-2
- ☐ The Haunted Ship
  978-3-440-10790-4
- ☐ Valley of Horror
  978-3-440-10906-9
- ☐ The Mystery of the gost train
  978-3-440-11148-2

Jeder Band mit 128 Seiten, ab 10 Jahren
Je € 7,90; €/A 8,20; sFr 14,90
Preisänderungen vorbehalten

www.kosmos.de

KOSMOS